ERICH WEIDINGER

Seelenblick

ÄRGER IM PARADIES Landpolizist Werner ahnt nichts Böses, als er sein Urlaubswochenende mit einem gemütlichen Morgenspaziergang gemeinsam mit Freundin und Hund um den Taferlklaussee beginnen möchte. Da buddelt der Golden Retriever am Wegesrand eine Leiche aus. Der Urlaub ist gelaufen, denn obwohl Werner Polizist ist, hat er panische Angst vor Leichen und muss sich von dem Schock erst mal erholen, während seine Kollegen die Ermittlungen übernehmen. Als wäre das nicht genug, bringen private Probleme den zart besaiteten Polizisten zusätzlich völlig aus dem Konzept: Natascha, die junge Freundin von Werners Tante Vera, erbt ein Haus mit dunkler Vergangenheit, die bis heute nichts von ihrem Schrecken verloren hat. Dazu hat Werners Freundin Helena ein Geheimnis, das sie mit dem Haus verbindet …

Erich Weidinger wuchs am Attersee im oberösterreichischen Salzkammergut auf – dem Lieblingsrefugium vieler Künstler. Nach einer Friseurlehre und einer pädagogischen Ausbildung arbeitete er mehrere Jahre mit benachteiligten Kindern. Wegen der Liebe zur Literatur wechselte er in den Buchhandel und begann selbst zu schreiben. Neben seiner Leidenschaft für die Sagenwelt ist ihm auch die Leseförderung sehr wichtig, deshalb ist er auch viel in Schulen unterwegs. Er hat mehrere Kinderbücher und Krimi-Anthologien herausgebracht. »Seelenblick« ist sein zweiter Kriminalroman.

ERICH WEIDINGER

Seelenblick

KRIMI AUS DEM SALZKAMMERGUT

GMEINER

Immer informiert

Spannung pur – mit unserem Newsletter informieren wir Sie regelmäßig über Wissenswertes aus unserer Bücherwelt.

Gefällt mir!

Facebook: @Gmeiner.Verlag
Instagram: @gmeinerverlag
Twitter: @GmeinerVerlag

MIX
Papier aus verantwortungsvollen Quellen
FSC® C083411

Besuchen Sie uns im Internet:
www.gmeiner-verlag.de

Im Ehnried 5, 88605 Meßkirch
Telefon 07575/2095-0
info@gmeiner-verlag.de

1. Auflage 2022

Lektorat: Daniel Abt
Herstellung: Mirjam Hecht
Umschlaggestaltung: U.O.R.G. Lutz Eberle, Stuttgart
unter Verwendung eines Fotos von: © Michael Maritsch / maritsch.com
Die zwölf Fotografien im Roman stammen von Michael Maritsch.
Druck: CPI books GmbH, Leck
Printed in Germany
ISBN 978-3-8392-0194-7

Personen und Handlung sind frei erfunden.
Ähnlichkeiten mit lebenden oder toten Personen
sind rein zufällig und nicht beabsichtigt.

KAPITEL 1 – FREITAG, SPÄTER NACHMITTAG

Altmünster

Auch am Traunsee könne er seinen Seelenblick finden, dachte Revierinspektor Werner Zufall, der sich in einer unnatürlichen körperlichen Verrenkung befand.

Der See lag wie unberührt in einem vor Jahrtausenden ausgespülten Bett. Ostwärts der Traunstein, ein riesiger Felsen, der jedes Jahr seine Opfer sucht und findet so wie der nahe gelegene Attersee. Am Felsen die unvorsichtigen und unglückseligen Bergsteiger, die über den Stein in die Tiefe stürzen, und der See, der seine ertrunkenen Schwimmer und Taucher in sich aufnimmt und meist für ein Jahr aufbewahrt. Manche wurden nie gefunden.

Ein gemäßigter Abendwind strich über die spiegelglatte Wasserfläche des Traunsees und ließ eine kaum erkennbare Struktur auf dem Gewässer entstehen. Gegenüber der Gebirgslandschaft, die von der Sonne beschienen wurde, lagen die Ortschaften Altmünster und Traunkirchen im Schatten, wo sich nach dem Abzug der Sonnenstrahlen die kühle blaue Stunde über den Häusern und ihren Gärten breitgemacht hatte.

Mehrere Augenpaare verfolgten die Fahrt eines Motorbootes, die beinahe etwas Eremitenhaftes an sich hatte, da sonst kein Fahrzeug oder Wesen auf dem See zu sehen war. Die Wellen, die dabei entstanden, schickten im Abendlicht letzte glitzernde Funken auf den Weg.

Die meisten Übungsräume des Sportzentrums am Westufer waren zum See hin ausgerichtet. Die riesige Glasfront bot eine bemerkenswerte Aussicht über den herrlichen Traunsee. Immer mehr Touristen erkoren ihn und die anderen Salzkammergutseen zum Ziel ihrer Sommerfrische und trieben damit die Mieten und Grundstückspreise in der Region ins Unermessliche. Doch vom Spätherbst bis ins Frühjahr wirkte die Gegend verlassener und ursprünglicher.

Hinter dem Glasfenster bewegten sich acht Frauen und zwei Männer nach den Anleitungen einer weiblichen Leitfigur. Sie trugen knappe, sportliche Kleidung, vorwiegend in den Farben Weiß und Grau. Die Personen waren inzwischen teilweise erschöpft, ihre Körper verschwitzt. Die Abschlussübungen des Yogakurses waren heute – wie an den zwei vorangegangenen Tagen – eine kurze Meditation und die Kobra.

Ava, die Kursleiterin, war nicht imstande, die heutigen Übungen korrekt vorzumachen, da sie bei der morgendlichen Anfahrt mit ihrem Motorrad von einem Wagen abgedrängt worden war und sich an einer Leitplanke das Knie verletzt hatte. Mit einem Stützstrumpf hielt sie sich aufrecht. Sie hatte beschlossen, erst nach Abschluss des heutigen Kurses einen Arzt aufzusuchen. Ava hieß mit bürgerlichem Namen Eva Mühlböck. In ihrem Yogaleben nannte sie sich Ava, was im alten Persien der Bezeichnung »wohltuender Klang« nahe kam.

Werner Zufall, Polizeibeamter vom Attersee, war einer der zwei männlichen Kursteilnehmer. Er fand, dass Avas Stimme alles andere als wohltuend klang, wofür sie nichts konnte. Trotzdem musste er sich anfangs an dieses krächzende Timbre gewöhnen, was ihm am zweiten Tag kein Problem mehr bereitete. Ausgenommen bei den geführten Meditationen, bei denen er nicht die nötige Konzentration aufbrachte und sich zusätzlich von Avas seltsamer Stimmfärbung irritieren ließ.

Er hatte sich für diesen Kurs angemeldet, um zu testen, ob die Yogaübungen seinem derzeitigen Gemütszustand positive Verbesserung verschaffen konnten. Er suchte eine neue solide Basis, seinen verloren gegangenen Seelenfrieden. Er formulierte und gebrauchte für sich selbst wegen seiner Liebe zum See Worte wie Seelenblick, Seelengrund und Seelenfriede. Sie erfüllten seine Sehnsucht nach Glück und Zufriedenheit.

Eine alte Freundin aus der Zeit der Volksschule hatte ihm den Rat gegeben, Yoga auszuprobieren. Sie trafen sich alle paar Wochen und sprachen, seit sie sich im Erwachsenenalter wieder neu kennengelernt hatten, über grundlegende Themen. Vertrauensvoll, jeder falschen Scham entledigt. Kein Freund oder Verwandter kannte ihn so gut wie Ingeborg, ohne dass er je mit ihr sexuell verkehrt hätte. Sie wusste Bescheid über seine beruflichen Schwierigkeiten als Polizist, dass er Gewalt verabscheute, immense Angst vor Leichen hatte, die ihm seit dem letzten Herbst psychische Probleme bescherte. Auslöser war ein spektakulärer Fall gewesen. Deshalb hatte sie ihn überzeugt, an dem Kurs teilzunehmen. Obwohl es für ihn ein Eintauchen in eine komplett andere Welt war, fühlte er nach dem zweiten Tag, dass diese Yogapraktiken in ihm Positives bewirkten. Dass sie ihm guttaten, selbst wenn er nicht alles mit der nötigen Ernsthaftigkeit betrachtete und ausführte, im Gegensatz zu den acht Frauen.

Neben ihm gab es einen zweiten Mann im Kurs. Klaus, den Nachnamen hatte er nicht verraten, er sei eigentlich nicht von hier, was immer er damit gemeint hatte. Das Wort »eigentlich« hatte für Werner keinen Sinn. Ein Begriff, der hier typisch österreichisch verwendet wurde. Eigentlich nicht von hier. Was nun? Ja oder nein? Eigentlich nicht, eigentlich schon, eigentlich … Mit diesem Wort brauchte man sich nicht dingfest machen zu lassen. Eigentlich mag ich dich, eigentlich bin ich enttäuscht, eigentlich …

Eigentlich ist eigentlich ein unnötiges Wort.

Dieser Klaus gehörte sicher zu den introvertierten Zeitgenossen. Die beiden Männer hatten sich bisher nur kurz miteinander unterhalten, lediglich ein paar nette oder witzig gemeinte Floskeln während der Pausen und zum Abschluss des jeweiligen Tages im Duschraum ausgetauscht. Werner war überrascht, wie anstrengend diese Übungen, von Ava »Asanas« genannt, für ihn waren. Er hatte zum Glück wie immer seine Waschutensilien in der Sporttasche dabei. Dass er sie tatsächlich brauchen würde, hätte er nicht gedacht.

Ava gab zu verstehen, dass sich alle auf den Bauch legen sollten. Wie auswendig gelernt und tausendmal rezitiert ertönten ihre Anleitungen:

»Die Fersen aneinander und die Stirn ohne Druck auf die Yogamatte legen. Ganz sachte. Den Po etwas anspannen.«

Am ersten Tag bei dieser Übung hatte Werner Angst gehabt, dass ihm hörbare oder gar riechbare Gase entgleiten könnten. Obwohl er inzwischen wusste, wie man die Kobra ausführte, kam er sich am Boden liegend eher wie ein Leichnam vor, weniger wie ein entspannter Schlangenkörper. An diesem Tag hatte er ständig damit zu kämpfen, dass sich seine Gedanken verselbstständigten. Vor allem bei den kurzen Meditationen musste er sich geistig mehrmals wieder auf die Yogamatte zurückholen.

»Hier sein! Mit Geist und Körper! Im Jetzt sein! Stellt die Hände in Brusthöhe auf die Matte, ruhig und bewusst aus- und einatmen. Beim nächsten Atemholen Schulter und Kopf anheben. Die Arme bleiben möglichst entlastet. Der gestreckte Rücken hält uns aufrecht. Den Atem kurz anhalten und beim Ausatmen die Stirn wieder zu Boden senken. Das Ganze öfters hintereinander, alleine, ohne meine Anleitung. So wie es euch angenehm ist. Wer die Spannung aushält, kann ein paar Atemzüge lang in aufgerichteter Schlangenhaltung bleiben.«

Werner spürte bei dieser Übung seine Verspannungen im Becken- und Schulterbereich sowie seltsamerweise auch am Fußrücken, da die Zehen nach hinten zeigten und nicht auf dem Boden aufgestellt waren. Beim dritten Aufrichten hielt er den gestreckten Oberkörper und blickte in die Ferne. Über den See auf den Erlakogel, der wie der Traunstein im Abendlicht erstrahlte. Wie vielen, die hier im Salzkammergut aufgewachsen waren, war ihm bekannt, dass der Berg im Volksmund »die schlafende Griechin« genannt wurde. Er zeigte angeblich (österreichisch: eigentlich) das Profil einer schlafenden Griechin mit fliehender Stirn. Da Werners derzeitige Freundin eine Griechin war, jedoch ohne fliehende Stirn, stellte er sich Helenas Gesicht am Grad des Erlakogels vor. Seine Mundwinkel, die er am Morgen von einem Dreitagebart befreit hatte, verformten sich zu einem Grinsen. Unbewusst hatte er den Atem lange, zu lange, angehalten und plötzlich strömte alles aus ihm heraus. Der verbrauchte Atem, die Spannung des ganzen Körpers und ein humorvoller Laut, der in ein befreiendes Lachen überging. Selbst sein Enddarm stieß durch das Nachlassen der Körperspannung geräuschbetont Luft mit bereichertem Gas aus. Werners Stirn knallte auf die Gummimatte und er musste sich lachend zur Seite drehen. Seine Yogakolleginnen um ihn herum waren erst irritiert und fielen, wie durch ein Virus angesteckt, in sein Lachen ein, ohne die Ursache zu kennen. Dieses wie aus dem Nichts entstandene Lachyoga dauerte einige Minuten. Werner kullerten Tränen über die Wangen. Ava, mit ihrer ehrfürchtigen Ernsthaftigkeit, konnte sich ebenfalls der Lachdynamik nicht entziehen. Ihr Lachen hatte einen Tonfall, der dem eines wiehernden Pferdes nicht unähnlich war, was die Gruppe noch hemmungsloser prusten ließ.

Nachdem Werner sein verweintes Gesicht mit dem verschwitzten T-Shirt getrocknet und schlussendlich seine Humorattacke aufgeklärt hatte, stellte sich beim abschließenden Ohmmmm… nicht mehr die notwendige Ernsthaftigkeit ein.

Im Duschraum für Männer verzierte ein Lächeln Klaus' Gesicht. »Der war aufgelegt!«, meinte er grinsend und verschwand unter dem breiten Wasserstrahl der Kaltdusche.

Werner war das »Warmduschen« angenehmer.

Aus dem nebengelegenen Duschraum der Damen vernahmen die beiden Kichern und Gegacker, welches Männer gerne mit den Geräuschen aus einem vollen Hühnerstall verglichen.

Einige Kursteilnehmerinnen saßen abschließend bei einem Rooibostee zusammen. Werner verabschiedete sich mit übertriebener Gestik, als wäre er ein höfischer Gesandter aus dem Mittelalter, und fuhr Richtung Attersee. Er wollte sich für ein Stündchen mit Helena treffen, bevor sie sich in eine schlafende Griechin verwandelte.

Mit entspannten Gesichtszügen, eins mit sich selbst und zufrieden, bewegte er seinen Wagen über die Hochalmstraße am Taferlklaussee vorbei nach Steinbach hinüber. Im Radio lief »Crazy«, er erinnerte sich zwar im Moment nicht daran, von wem die Nummer war, drehte dafür auf volle Lautstärke und grölte mit. Um die Umwelt teilhaben zu lassen, öffnete er das Fenster auf der Fahrerseite und brüllte sein eigenes »Crazy« in die Welt hinaus. Genau so fühlte er sich, im positiven Sinne, für den Moment losgelöst von allen irdischen Sorgen und Zwängen. Sein jetziges Fahrverhalten hätte jeden Polizisten veranlasst, den Wagen anzuhalten und ihn zumindest abzumahnen. In dieser Jahreszeit war die Hochalmstraße wenig befahren und menschenleer. Lediglich eine einsame Kuh am Rand einer eingezäunten Wiese, wahrscheinlich vom Bauern beim Reinholen vergessen, blickte kurz zu ihm auf, während er den Refrain aus dem Fenster schmetterte.

Als er oberhalb von Steinbach den Attersee erblickte, der in der nächtlichen Dunkelheit dalag, erwärmte sich sein Herz um gefühlte 20 Grad. Er liebte diesen unvergleichlichen Anblick, und jedem, der ein Gefühl von Schönheit und Naturliebe in sich trug, ging es genauso. Viele andere Wagenlenker erzählten immer wieder von dem gewaltigen optischen Eindruck, der einem das Gemüt sofort hob.

In Alexenau, dem ersten Ort auf Weyregger Gemeindegebiet, wenn man von Steinbach kam, wohnte Helena mit ihrem neunjährigen Sohn in einer geräumigen Mietwohnung eines neu errichteten Objektes mit Sicht auf den See, das über einen hauseigenen Badeplatz verfügte. Die Griechin hatte Werner heute nicht mehr erwartet. Sie begrüßte ihn mit einem Kuss, wobei ihre langen knallroten Haare mitgeküsst wurden, wie es oft vorkam.

»Möchtest du einen Tee mit getrocknetem Ingwer und Apfelscheiben? Oder entgegen der esoterischen Regel doch ein Bier?« Ihr verschmitzter Blick erklärte alles. Sie fand es amüsant, dass er als Polizist an diesem Kurs teilnahm. Für sie waren Yoga, Qi-Gong und Ähnliches unbedeutender Hokuspokus. Sie stand, wie sie oftmals behauptete, mit beiden Beinen auf der Erde und hielt mit ihrer Häme nicht zurück. Das tat sie nie.

»Gerne ein Bier! Nun hat mich die normale Welt ja wieder.«

Er nahm in der schmalen Küche an einem Tisch mit wackeligen Hockern Platz und Helena drückte ihm ein geöffnetes

»Zipfer Sparkling« in die Hand. Sie beugte sich über ihn, ihr rotes Haar fiel abermals wie ein Vorhang, hinter dem sie ihn mit einem herzhaften Kuss bedachte. Werner wollte mehr, doch sie schwang die Haarpracht mit einer Handbewegung zurück und wandte sich der Küchenzeile zu.

»Schläft Alexandros?«

»Nein, er sitzt in der Badewanne und stellt mit den Spielzeugschiffen die Seeschlacht von Salamis nach. Ich möchte, dass er zeitig ins Bett geht. Morgen Nachmittag hat er seinen ersten Einsatz als Ministrant bei einem Begräbnis. Er war deswegen den ganzen Tag sehr aufgeregt.«

Werner mochte den zarten Akzent seiner Freundin. Sie sprach perfekt Deutsch, da sie als Kind in die Bundesrepublik Deutschland gekommen war. Nach Österreich war sie erst vor ein paar Monaten gezogen, wo sie erneut mit einer weiteren Sprache konfrontiert worden war: dem oberösterreichischen Slang. Am liebsten hatte er es, wenn sie versuchte, in der regionalen Mundart zu sprechen, und das mit griechisch-deutschem Akzent. Dabei konnte er selten ernst bleiben, musste sie sofort küssen, um ihr nicht das Gefühl zu geben, dass er sie auslachte.

»Helena, ich werde mit Vater und Tante Vera auch am Begräbnis teilnehmen. Die Bärbel war eine entfernte Verwandte meiner Mutter. Wir können gerne gemeinsam hingehen.«

»Ach! Und wenn ich die heilige Messe besuche, gehst du nie mit! Werde ich dich irgendwann doch zum Kirchengehen bekehren können?«

Helena war erzkatholisch. Das ständige Kirchengerenne war Werner zuwider. Gerne hätte er mit ihr einen Sonntagvormittag im Bett verbracht, doch wenn sie nicht arbeiten musste, ging sie in die Kirche. Helena arbeitete als Mädchen für alles in einer Ferienwohnungsanlage mit angeschlossenem Hofladen für heimische Bioprodukte in Weyregg. Putzfrau, Zimmermädchen, Rezeptionistin, Köchin, Verkäuferin und was sonst anfiel. Gäbe es nicht eine alteingesessene Pfarrersköchin, die den rumänisch-stämmigen Pfarrer betreute, hätte sie sich dieser Aufgabe ebenfalls mit Hingabe angenommen.

Werner hatte sie vor den letzten Weihnachtstagen bei einem adventlichen Pfarrkaffee kennengelernt, zu dem ihn sein Vater mitgeschleppt hatte. Endlich eine Frau, die nicht von seinem Vater Jakob für ihn auserwählt oder getestet worden war. Die nicht vorher ihren gemeinsamen Männerhaushalt begutachtet hatte. Der alte Herr war mit dieser »Wahl«, wie er es nannte, zufrieden. Werner hatte Helena vor seinem Vater gewarnt und war sich nie sicher, wie weit er gehen würde, da er gerne mit ihr flirtete. Das tat sein Erzeuger mit jeder weiblichen Person in seinem Umfeld. Einerseits machte ihn das liebenswert, andererseits konnte er dabei furchtbar anstrengend und peinlich sein.

Alexandros, Helenas Sohn, kam direkt vom Bad in die Küche, nickte Werner zu und öffnete die Kühlschranktür. Er stand nackt im gelblichen Schein der Kühlschrankbeleuchtung und nahm einen Orangensaft sowie eine Kindermilchschnitte heraus, während sich eine Pfütze unter ihm bildete.

Mit einem kurzen Laut, der »Gute Nacht« bedeuten sollte, verschwand er in seinem Zimmer. Gefolgt von der überforderten Mutter, die ein Geschirrtuch in Händen hielt und offenbar nicht wusste, ob sie zuerst den Sohn damit abtrocknen oder den Boden aufwischen sollte.

»Alexandros! Metaxy ton theon!«

Bei den Göttern. Obwohl Helena Christin war, nahm sie oft ihre griechischen Götter in den Mund. Ihr eigener Name stammte immerhin von einer Halbgöttin. Helena, gezeugt von Zeus, in der Gestalt eines Schwanes, und Leda, der schönsten Frau Griechenlands. Ein Kalenderbild in einem billigen Rahmen hing in Helenas Schlafzimmer. Eine Kopie von Michelangelos Gemälde, hatte sie ihm erklärt. Viel Fantasie benötigte diese Darstellung nicht, wenn man das Geschehen deuten wollte. Werner wunderte sich jedes Mal beim Betrachten, dass sie so etwas Anzügliches an der Wand hängen hatte. Ein Lächeln zeichnete sich in seinem Gesicht ab, während er der Vorstellung eines mit einer weiblichen Gestalt kopulierenden Schwanes nachhing.

Da Helena, die Sterbliche, die nächsten Minuten nicht mehr hervorkam, trank er als vernachlässigter Geliebter gemächlich sein Bier aus. Er war inzwischen gewohnt, dass manche seiner Besuche so endeten, und verließ mit einem »Kalinychta!« die Wohnung, was nichts anderes hieß als gute Nacht. Gleiches kam dumpf aus dem Zimmer ihres Sohnes zurück.

Morgen, am Samstag, würde er sie wieder treffen. Sie hatte sich extra für ihn das Wochenende freigenommen, da er bis Mitte der kommenden Woche in Zwangsurlaub war, um fristgerecht die nicht verbrauchten Urlaubstage vom Vorjahr abzubauen. Auf den letzten hundert Metern der Heimfahrt wurde ihm bewusst, dass er lange nicht mehr dermaßen fröhlich und zufrieden gewesen war. Und das an drei aufeinander folgenden Tagen.

In seinem Haus in Weyregg war von außen kein Licht auszumachen, außer jenes im Flur, das sie immer eingeschaltet ließen. Sein Vater war sicher unterwegs. Sie bewohnten das Gebäude seit dem Tod der Mutter vor etwa zehn Jahren gemeinsam. Jeder ein Stockwerk für sich, die Küche benützten beide. Jakob war mit seinen bald 67 Lenzen beamteter Frühpensionist, so bezeichnete er sich selbst.

Er sagte gern über sich: »Vor fünf Sommern durfte ich das Rentendasein antreten, dem ich, noch immer in vollem

Saft stehend, mein aktives Freizeitverhalten entgegenhalte. Der Kampf gegen das Verkümmern ist in vollem Gange!«

Sein Job in der Schulbehörde hatte ihm nicht viel abverlangt, deshalb schien er gut erhalten zu sein. Dass er in Weyregg als Hobbyjäger ohne eigenes Jagdrevier lebte, war für ihn kein Problem, da er mit genügend Jägern befreundet war, in deren Revieren er seinem Zeitvertreib nachgehen konnte. Der Vater war in jeder Hinsicht aktiver als sein Sohn. War ja keine Kunst, wenn man für den Rest seines Lebens arbeitsfrei gestellt war.

Werner bereitete sich zwei Wurstbrote zu und stieg kauend die Stufen zum Schlafzimmer hinauf. Auf seinem Handy erschien eine SMS von Helena:

»Muss morgen früh den Hund der Nachbarin Gassi führen. Kommst du mit? Fahren wir zum Taferlklaussee hinauf?«

Nach einigen fettigen Fingerkontaktpunkten auf seinem Handydisplay war die Nachricht abgeschickt:

»Gerne, ich hole dich und Gerda kurz vor 8 Uhr ab.«

Gerda hieß der Hund von Helenas Nachbarin, ein Golden Retriever. Ein männlicher kastrierter Hund mit weiblichem Namen. Warum er auf Gerda hörte, darüber gab es verschiedene Spekulationen. Für den Hund gab es kein Gendern, das war ihm sozusagen Wurst, und die fraß er lieber.

KAPITEL 2 – FREITAG, NACHT

Taferlklaussee

Der Mann war dunkel gekleidet. An den Kofferraum seines schwarzen Wagens gelehnt wartete er seit vielen Minuten. Das durch Nebelschwaden gedämpfte Mondlicht ließ auf dem Parkplatz die Konturen von zwei abgestellten Fahrzeugen erkennen.

Es war kühl hier oben an diesem unbebauten Moorsee, der vor geraumer Zeit zu einem Naturschutzgebiet erklärt worden war und tagsüber viele Spaziergänger und Wanderer anzog.

Eine dickere Jacke wäre sinnvoll gewesen. Während er die fünfte Zigarette rauchte, beobachtete er den Zugang zum Taferlklaussee. Der Fahrer des zweiten Wagens kam endlich angetrabt und steuerte auf sein Gefährt zu. Ein Nachtläufer, der mehrmals die circa 600 Meter rund um den See gelaufen war. Der Atem und die Körperausdünstung des Sportlers stiegen in der kühlen Nachtluft zu einer dünnen Dampfsäule auf, ähnlich wie der Zigarettenqualm des Rauchenden.

Um nicht aufzufallen, drückte der Raucher den Glimmstängel auf dem Schotterboden aus und ließ die Kippe in einer winzigen Blechdose verschwinden, ungesehen vom Läufer. Er täuschte vor, hier eine Pause eingelegt zu haben, stieg in seinen Hyundai Kona und hielt sich das Mobiltelefon ans Ohr, ohne zu telefonieren. Es dauerte einen AC/DC-Song lang, abgespielt von der Musik-App des Handys, bis der Nachtsportler die Schuhe gewechselt hatte und mit dem hellen Ford Escort abgefahren war.

Kaum war er in der Dunkelheit verschwunden, stieg der Mann wieder aus, öffnete die Heckklappe und entnahm dem Kofferraum einen zusammenlegbaren Campingspaten aus Eisen, eine dunkelblaue Sporttasche ohne Aufdruck und knöchelhohe dunkelgrüne Gummistiefel. Er schlüpfte in die Stiefel, die für sein Vorhaben hilfreicher waren, und zog eine Feuchtigkeit abweisende Überhose an. Dann wandte er sich der gegenüberliegenden Seeseite zu. Der Kies knirschte unter seinen Füßen.

Nach ein paar Minuten Fußmarsch sah er im nächtlichen Mondschein die Umrisse des Schilfgrases. Dahinter erhoben sich die wenigen Bäume eines spärlich bewachsenen Waldes. Er zog eine Stablampe aus der Hosentasche, horchte, ob ein Geräusch zu vernehmen war, das nicht der nächtlichen Natur entsprang, und zog seine Jacke aus, um sie zusammengefaltet über eine hölzerne Balustrade zu hängen.

Unter dieser Abgrenzung zwischen Weg und Wildnis schlüpfte er durch. Stapfte durch den Matsch, der von vielen grünen Blättern bedeckt war, die sich in unzähligen Jahren zwischen Weg und Wald breitgemacht hatten. Die Lampe warf einen schmalen Kegel durchs Dickicht.

Nun war er der Verursacher von unnatürlichen Geräuschen. Das Schmatzen der Stiefel im schlammigen Untergrund war deutlich zu hören. Den Kampf mit den unliebsamen austreibenden Sträuchern gewann er mit einem unbedeutenden Kratzer auf dem Kinn. Die Anordnung von Bäumen in einem Wald verändert sich zum Glück kaum. Außer einer umgestürzten dürren Fichte war alles gleich wie letztens und davor. Er brauchte nicht lange, um die richtige Stelle zu finden. Den neuen Spaten aufgeklappt, die Beine zur Sicherheit breit gestellt, begann er sein Vorhaben. Die Stablampe steckte in seinem Mund und beleuchtete die Stelle, der sein Augenmerk galt.

Das saubere Schaufelblatt glitt in den feuchten Boden. Mist, das nasse Erdreich war zu schwer für diesen kurzen Spaten. Die Hälfte des Aufgenommenen rutschte wieder in das entstehende Loch zurück. Er hätte abermals die alte Gartenschaufel mitnehmen sollen, die ihm im Auto zu sperrig und auffällig war. Leise raunte er vor sich hin und kniete sich in das nasse Moos, um effizienter zu graben. Er kam langsamer voran als geplant. Warum hatten sie dieses Versteck gewählt, das sich nur umständlich erreichen ließ? Dämlicher ging es nicht. Mehrmals hatte er darum gebeten, eine andere Stelle zu wählen. Es gebe doch genug trockenere Möglichkeiten in dem Wäldchen.

Er meinte, sich zu erinnern, dass es letztens nicht so tief eingegraben gewesen war. Von den Füßen und den in dem Schlamm steckenden Knien bis weit über die Hose hinauf verdreckt, ergriff er eine glatte, eiskalte Fläche. Der Deckel einer rechteckigen Metallbox. Darin steckte das Erwartete in einer Plastikfolie.

Ob des schmatzenden Geräusches beim Graben und der vollendeten Freude über das Auffinden des Gesuchten hatte er nicht wahrgenommen, was hinter seinem Rücken geschehen war.

Mit beiden Händen an der mit Erde beschmierten Folie ziehend, traf ihn ungeschützt etwas Hartes im Genick. Mit einem kurzen Aufschrei sackte er seitlich in den Matsch. Ein Teil eines zerbrochenen Astes flog über ihn hinweg. So rasch, wie es seine Lage ermöglichte, drehte er sich herum, um nicht völlig schutzlos zu sein. Das rettete ihn vor einer Pistolenkugel, die neben ihm mit einem ploppenden Geräusch ins Erdreich ging. Im Strahl der am Boden liegenden Lampe spritzte Schlamm auf.

Er nahm trotz der Dunkelheit eine Gestalt wahr, die vermutlich weiterhin mit einer Waffe auf ihn zielte.

Der schmierige Schmutzfilm auf seinem Körper half ihm, sich schnell wegzudrehen. Er rutschte im Feuchten auf den Angreifer zu, um ihn mit den Füßen aus dem Gleichgewicht zu bringen, was ihm tatsächlich gelang. Die Waffe entglitt dem Schützen und landete hörbar irgendwo auf dem Boden. Ein – im wahrsten Sinn des Wortes – schmutziger Kampf entbrannte unter den Bäumen, deren Wipfeln von dunklen Wolken, die in diesem Moment aufzogen, das Mondlicht entzogen wurde.

KAPITEL 3 – FREITAG, NACHT

Taferlklaussee

Mithilfe eines harten Gegenstandes wurde starker Druck auf den Hinterkopf ausgeübt, wodurch sich das Gesicht dem Boden näherte. Es verschwand zur Gänze im feuchten Erdreich. Durch den Kontakt mit der ungewohnten Masse und dem plötzlichen Verschluss der oberen Atemwege verschlossen sich sofort auch Augen und Mund. Die panikartig eingesaugte Luft wurde angehalten. Der Schutzreflex verweigerte selbst der Nase jeden Versuch einer Atmung, was ohnehin wegen des Eindringens der fremdartigen Substanz in beide Nasenlöcher nicht mehr möglich gewesen wäre. Bevor die Lippen den Mund abgeriegelt hatten, war einiges an verschlammter Materie in die Mundhöhle eingedrungen, welche die Zunge geübt und automatisiert nach hinten schob, um sie zu schlucken, was in diesem Fall nur unzureichend gelang. Die äußerliche Fixierung der Halswirbelsäule und der weiterhin anhaltende Druck verhinderten, dass der Kehlkopfapparat seiner physiologischen Funktion nachkam. Die Erde quetschte sich in Folge durch die geschlossenen Augenlider und befüllte auch die Nasenhöhlen an der verbogenen Nasenscheidewand entlang. Seit ein paar Schlägen auf die Nase hatte sich die einst mittels einer Septumoperation begradigte Nasenscheidewand erneut verkrümmt, was jedoch in diesem Fall nicht mehr zu den zukünftigen Problemen des Opfers zählen würde.

Um der entsetzlichen Lage zu entkommen, fing der Mann mit den Händen und Füßen zu schaufeln an, was den Fixierenden zwang, ihn durch sein ganzes Körpergewicht auf den Boden zu pressen.

Nach etwa 15 Sekunden der reflexartigen Schutzmechanismen und schwindenden Sauerstoffreserven erreichte die sonst um 80 gelegene Herzfrequenz das Dreifache. Bewusstes Hören war unmöglich, durch die Befüllung der Ohrengänge drang sowieso nichts mehr bis zu den Trommelfellen.

Obwohl keine Möglichkeit zum Atmen bestand, griff das vegetative Nervensystem ein. Der Sympathikus, dessen Name in dieser Situation jeder nicht Betroffene als makaber bezeichnet hätte, befahl dem Körper auszuatmen, was in knappen krampfartigen Stößen durch den Mund geschah, obwohl sich der noch kurz wahrnehmbare, jedoch nicht mehr zu steuernde Wille dagegen wehrte. Weitere Schmutzpartikel gelangten in die Mundhöhle. Das Atemzentrum begann einzuatmen, verlangte nach frischer Luft, saugte stattdessen Erde und Schlamm in den Rachen beziehungsweise in die Luftröhre. Der Kehldeckel registrierte dabei Fremdkörper und löste Hustenreize aus, die durch die luftentleerte Lunge ineffektiv blieben. Nachdem die Substanzen, die nicht in den Körper gehörten, zuerst den rechten Lungenflügel erreicht hatten, wurde auch der linke Bronchus damit angereichert. Die Bemühungen, einzuatmen, und die gleichzeitige Aspiration, das Ausstoßen des Eingesaugten, sowie die körperliche Anstrengung bei akutem Sauerstoffmangel führten zu langsam eintretender Müdigkeit des am Boden Festgemachten. Schlussendlich wurde der um sein Leben Kämpfende durch die Hypoxie und die laufend sinkende Herzfrequenz mit Bewusstlosigkeit erlöst. Das Gehirn reizte die Muskeln aufgrund elektrischer Entladungen zu kurzen Spasmen.

Die Fixierung des Druckausübenden hätte seit ein paar Sekunden gelöst werden können, doch das wusste der Täter nicht, und weil er ganz bewusst den Tod seines Opfers herbeiführen wollte, blieb er in seiner Position.

Die Schutzreflexe des sterbenden Körpers erloschen, Schnappatmung, ein letzter Überlebensmechanismus. Das Herzkreislaufsystem setzte gemeinsam mit den letzten Atemversuchen aus. Die Körperspannung, medizinisch Muskeltonus, hatte seit ein paar Sekunden ausgesetzt, weshalb sich Darm und Blase ausgiebig entleerten. Der Tod war eingetreten.

Nichts sehen, nicht atmen, sich nicht mehr bewegen und denken können. Solch einen Abgang von dieser Welt hatte sich der Sterbende wohl nicht vorgestellt. Vor allem noch nicht jetzt.

Während sich der Geist von der leiblichen Hülle löste, hielt die Fixierung des Körpers eine weitere unnötige Minute an.

Dem Toten konnte es inzwischen egal sein, dass er seiner Kleidung beraubt wurde und die Metallschaufel mit ein paar Stößen und Tritten Finger und Teile der Hände abtrennten. Ebenso, dass sein Körper in das mit der Schaufel verbreiterte Loch geschoben und mit reichlich Schlamm und Erde bedeckt wurde.

Seine Fingerspitzen fanden teilweise am Grund des Moorsees ihre zukünftige Bleibe. Ein Stück des rechten Daumens blieb unbemerkt zwischen altem Gehölz liegen.

KAPITEL 4 – SAMSTAG, FRÜHER MORGEN

Weyregg am Attersee

An diesem Morgen war Werners Schlaf nicht wie üblich abrupt durch den abgehenden Wecker gestoppt worden. Sein Vater war früh auf und hantierte klappernd mit dem Geschirr in der Küche.

»Morgen, Papa.«

»Guten Morgen, Sohn. Ich habe für uns beide Kaffee aufgegossen. Nimm dir.«

Werner verweigerte wie gewohnt Vaters Filterkaffee und fuhrwerkte an seiner Espressomaschine herum. Heute gönnte er sich einen stärkeren Kaffee und ließ die schwarzbraune Kapsel in die Öffnung fallen. Er setzte sich zu Jakob an den Küchentisch, konnte jedoch die Tasse nirgends abstellen, da die Tischplatte voll mit Zeitungen, Büchern und Papieren war. Sein Vater hatte ein neues Interessensgebiet für sich entdeckt, dem er seit 14 Tagen in unzähligen Stunden nachging. Dazu benötigte er meist verschiedenstes Material, das in diesem Zeitraum überall herumlag. Und zum aktuellen Thema gab es mehr als genug.

Jerusalem, das Judentum und alles, was damit in Beziehung stand. Zeitgeschichtliche Bücher, Geo-Epoche-Zeitschriften, Computerausdrucke und Stöße von handschriftlichen Notizzetteln zierten die Fläche vor ihm.

»Hast du gewusst, dass während des Zweiten Weltkrieges die jüdischen Flüchtlinge bei vielen Juden, die in Palästina lebten, nicht wirklich willkommen waren?«

»Hmm…« Werner hielt seinen Star-Wars-Kaffeebecher mit beiden Händen im Schoß und starrte gedankenverloren aus dem Fenster auf den Attersee. Der einzige Platz in diesem Haus, von dem man Sicht auf den See hatte. Man sah nur einen kleinen Ausschnitt vor sich, kein prachtvolles Panorama. Von den Männern unbeachtet, erschienen wie von Zauberhand Darth Vader und der Todesstern auf der Keramiktasse, hervorgebracht durch die Wärme des Inhaltes.

»Ehrlich? Das hast du gewusst? Ab 1948 gab es den Unabhängigkeitskrieg, bei dem …«

»Papa! Nichts habe ich gewusst. Es ist 7 Uhr morgens. Ich will meinen Kaffee trinken und nicht mit dir über irgendwelche Kriege philosophieren!«

»Weißt du, Werner, die Geschichte wiederholt sich woanders immer wie…«

»Papaaaaa…! Kannst du dich nicht mit Wikingern oder Römern beschäftigen und deine Mitmenschen damit verschonen?«

»Ja, Werner, die Römerzeit kommt als Nächstes dran, jetzt, wo wir in Weyregg wieder ein neues Mosaik entdeckt haben. Du hättest die Ausgrabungsstätte mit …«

»Ich hätte es mir denken können. Papa, bitte, nur fünf Minuten Ruhe, bis ich wieder raufgehe. Ist das möglich?«

Eingeschnappt blätterte Jakob weiter in seinen Druckwerken herum. Sogar ein Hebräisch-Wörterbuch hatte er sich bestellt. Werner sollte es ihm demnächst von der einzigen Buchhandlung am See in Seewalchen abholen. Er schüttelte den Kopf, betrachtete den Todesstern, trank in einem Zug den restlichen Kaffee aus und ließ Jakob vor sich hin murmelnd am Tisch zurück.

Im Badezimmer im ersten Stock kam ihm beim Zähneputzen in den Sinn, dass er sich vorgenommen hatte, den Tag in Zukunft mit dem neu gelernten Sonnengruß zu beginnen. Dafür benötigte er eine Yogamatte. Sollte er seinen Vater fragen, damit er ihm eine übers Internet bestellte? In einen Esoterikladen zu gehen, dafür hatte er nicht die Courage. Er war nicht gewillt, sich als Yoga praktizierender Polizist zu outen. Deshalb beschloss er, der Yogalehrerin eine SMS zu senden, ob sie ihm eine besorgen könne.

Im Schlafzimmer versuchte er, die Sonne, die sich heute noch nicht gezeigt hatte, zu begrüßen. Vielleicht half es, obwohl die Wetter-App auf seinem Handy am Morgen anderes prognostiziert hatte. Die Jeans war als Trainingskleidung nicht geeignet, so entledigte er sich der Hose und vollführte in Shirt und Boxershorts mit R2-D2-Aufdruck die Asanas. Er wollte sich von dieser Unterhose nicht trennen, obwohl sie inzwischen nicht nur den ursprünglich vorhandenen Eingriff als Stofföffnung hatte. Aber mit demselben Motiv gab es sie sicher nirgends mehr.

Beim Hund, einer Übung, bei der Hände und Füße auf den Boden gestellt werden und man das Hinterteil nach oben drückt, tauchte vor seinem inneren Auge Gerda auf. Von den Gedanken abgelenkt und unkonzentriert geworden, rutschte er auf dem glatten Untergrund aus und schlug auf den Boden. Dass er die Socken ebenfalls hätte ausziehen sollen, war ihm nicht eingefallen.

»Werner, ist was passiert?«, rief sein Vater hinauf, von dem Krach aufgeschreckt.

»Nein, mir ist was runtergefallen«, antwortete der gefallene Yogi vor dem Bett sitzend und rieb sich das angeschlagene Kinn. Obendrein schmerzte sein Gebiss. Sollte er sich die Neurosocks besorgen, die überall in den Medien beworben wurden? Mit denen wäre er vielleicht nicht ausgerutscht. Vor dem Badezimmerspiegel überzeugte er sich, dass es keine sichtbaren oder bleibenden Schäden gab.

Bereit für den morgendlichen Ausflug kam er die Treppe runter und zog die neuen Laufschuhe an. Die freien Tage gaben ihm die Gelegenheit, sich neu einzukleiden, was er meist mit großem Unwillen tat. Jeans, Jacke, Schuhe. Nahezu alles an ihm war neu. Helena hatte ihn diesmal begleitet und beraten und ihn ebenso mit neuen Boxershorts ausgestattet, ohne Star-Wars-Motive.

Aus der Küche kam Vaters Stimme:

»Werner, unter dem Telefon liegt ein eingeschriebener Brief für dich. Habe ich gestern vom Briefträger angenommen und für dich unterschrieben.«

Seit gefühlt hundert Jahren stand ein Tastentelefon auf einem Tischchen neben der Garderobe auf dem Gang. Obwohl Jakob nur mit dem Smartphone telefonierte, wollte er auf keinen Fall den Festanschluss abmelden. Eine seiner unzähligen Macken. Wahrscheinlich hätte er am liebsten eines der Modelle mit Drehscheibe. So wie zurzeit Nostalgisches in Mode war, gab es sie sicherlich wieder zu kaufen. Er überlegte, seinen Vater damit zu überraschen, würde einen Kollegen bitten, ihm ein solches Telefon im Internet zu bestellen, er selbst orderte mit seinem Namen gar nichts im Netz. Das war eine seiner Macken.

Werner zog den Brief unter dem Gerät hervor, öffnete ihn mithilfe des Autoschlüssels und las mit zufriedener Miene den Inhalt.

Eine halbe Stunde später stellte er seinen Ford Fiesta vor zwei wartenden Lebewesen ab. Helena und Gerda. Frau mit Hund. Der Golden Retriever war größer, als Werner ihn im Gedächtnis hatte. Das Tier würde ihm nach dem Spaziergang den Kofferraum sicher verschmutzen. Es wäre besser gewesen, mit dem Land Rover seines Vaters zu fahren. Im Vergleich mit vielen anderen Hunden hatte Gerda kein Problem mit Uniformen. Polizisten, Briefträger und einheitlich gekleidete Zusteller jedoch vermieden so gut wie möglich den Kontakt mit Hunden. Ein früherer Kollege wurde bei einem Einsatz einmal von einem Hund gebissen. Werner war meist die Zeit zu schade, nur wegen einem Hund ins Freie zu gehen. Was tat man nicht alles der Liebe wegen?

Er stieg aus, umarmte Helena, küsste sie und drückte sie fest an sich. Die Umarmung schien endlos. Gerda sprang eifersüchtig bellend um die wie vereint wirkenden Körper herum. Die dicken Jacken, die beide trugen, verhinderten eine intensivere Körpernähe, und sie wirkten wie zwei Michelinmännchen, die darauf warteten, aufgeblasen zu werden.

Helena löste sich von ihrem Liebhaber. »Kaliméra, mein wilder Zeus. Ich bekomme keine Luft mehr. Wir haben uns erst gestern gesehen und nicht vor einem Jahr.«

Sie öffnete die Heckklappe des Wagens und ließ Gerda hineinspringen. Werner sah sich nach Alexandros um.

»Kommt der Junge nicht mit?«

»Nein. Er sitzt vor dem Fernseher. Sieht zum hundertsten Mal die Serie ›Unterwegs mit Odysseus‹. Ich kann die doofen deutschen Reime nicht mehr hören. Aber was soll's, ihm gefällt es.«

Während der Fahrt nahm Werner mehrmals Helenas Hand und küsste sie. Gleichzeitig war von der Rückbank ein beständiges Hecheln zu hören. Einmal geriet eine Tierzunge zwischen seinen Mund und ihren Handrücken.

Werner stieß ein »Geh, Weu!« aus, was im Deutschen so viel bedeutete wie »Igitt, lass das«.

Im Autoradio lief »Walking the Dog« von den »Rolling Stones«. Beide mussten beim Refrain lachen.

»Was ist los mit dir, mein agapiméni?«, fragte sie ihn.

»Wer ist dein Liebling? Ich oder Gerda?« Ohne eine Antwort abzuwarten, sprach er weiter: »Ich habe heute den

Bescheid bekommen. Du darfst mich ab jetzt Adler nennen. Endlich. Der Zufall ist Geschichte. Nur, wie bringe ich es meinem Vater bei?«

»Wenn es dir hilft, kann ich dabei sein. Du wirst sehen, er versteht es. Immerhin bist du sein Sohn und nicht verantwortlich für den dummen Namen.«

Werner war es leid, ständig mit seinem Nachnamen aufgezogen zu werden. Letzten Herbst, nach der Aufklärung einer Entführung, hatte sogar die Presse diese ihm verhasste Wortspielerei übernommen:

»Kommissar Zufall löst Fall durch wahren Zufall!«

Erstens gibt es in Österreich keinen Kommissar, er war Revierinspektor, und zweitens ist entweder alles ein Zufall oder nichts. Lange hatte es in ihm gegärt, bis er vor einigen Monaten beschlossen hatte, einen Antrag auf Namensänderung zu stellen. Die Begründung wurde angenommen und mit dem heute erhaltenen Bescheid hieß er in Zukunft Werner Adler. Dem Vater zuliebe hatte er diesen Namen von seiner Urgroßmutter väterlicherseits übernommen. Vielleicht würde ihn das gnädig stimmen.

Wieder küsste er Helenas Hand.

»Danke, dein Angebot ist angenommen. Ich bin unendlich verliebt in dich. Ich möchte am liebsten mit dir weiterfahren und nie ankommen! Und wenn wir über die halbe Erdkugel tuckern.«

»Du bist verrückt, weißt du das? Darum mag ich dich! So einen Polizisten wie dich gibt es auf der ganzen Welt nicht mehr.«

Sie küsste dabei ihren Zeigefinger und drückte ihn anschließend auf seine Nase. Eine von verschiedenen Liebkosungen, die sie für ihn erfunden hatte. Dachte er zumindest, denn in diesen Augenblicken konnte er sich nicht vorstellen, dass sie jemals einen anderen Mann geliebt hatte.

Nach ungefähr 20 Minuten Fahrzeit waren sie am Ziel, am Taferlklaussee, umgeben von Moor und Wäldern auf einer Anhöhe zwischen dem Attersee und dem Traunsee. Am Parkplatz standen einige Autos. Ein beliebter Ausflugsort für Familien, Paare, Wanderer und Waldläufer.

Helena band sich das Haar mit einem festen Gummi, den sie aus ihrer Jeans genestelt hatte, zu einem Rossschwanz zusammen. »Den Hund nehmen wir erst nach der Hütte von der Leine. Klausi wird sicher nicht begeistert sein, wenn er Gerda sieht«, meinte sie und hielt das Lederband fest in den Händen.

Klausi, ein schwarzer Kater, war der einzige wirkliche Bewohner am See. Er lebte in einem Holzhäuschen, wo er ein und aus gehen konnte und vom Besitzer und Besuchern täglich gefüttert wurde. Ab und an ließ er sich streicheln, meist jedoch zog er sich zurück, wenn er jemanden kommen sah.

Das Tier lag neben der Hütte auf einem halbierten Baumstamm, der zu einem Tisch umfunktioniert war, und genoss sein Dasein. Als er den Hund erblickte, erhob er sich, reckte sich gähnend und verschwand hinter dem Haus.

Das Dach des Gebäudes, das Gras, der Weg, alles war feucht vom Morgentau, da die Sonne weiterhin auf sich warten ließ. Es sollte heute den ganzen Tag bewölkt bleiben. Zu dieser Jahreszeit herrschte am See eine hohe Luftfeuchtigkeit, besonders in den Nachtstunden.

Adler blieb abrupt stehen und wandte sich der Frau mit Hund zu:

»Das hätte ich fast vergessen, wir sind beide morgen früh zum Frühstück bei Tante Vera eingeladen. Gegen neun. Alexandros natürlich auch. Die Sonntagsmesse in der Kirche musst du schwänzen, denn meine Tante würde dies als Missachtung ihrer Gastfreundschaft deuten. Ist das in Ordnung für dich?«

Helena antwortete knapp: »Nai, kalá.«

Er fand es witzig, dass man eine Bejahung im Griechischen mit einem für die deutsche Sprache verneinend klingenden Wortlaut aussprach.

Sie beugte sich zu dem Hund, um ihm die Leine am Halsband auszuklinken.

»Helena. Willst du Gerda hier wirklich frei laufen lassen? Wenn er im Wald einen Hasen oder ein Eichhörnchen entdeckt, ist die Hölle los.«

»Werner!«

»Oder wenn ein Jäger ihn herumstreunen sieht. Der knallt Gerda einfach ab. Was willst du deiner lieben Nachbarin ...«

»Werner!«

»Ich meine ja nur. Es ist alles mögl...«

»Werner! Ich lasse ihn hier laufen, wie ich es immer mache. Er ist bisher nie mit einem Waldgetier oder gar einem Fisch im Maul zurückgekommen. Selbst Jäger fällt er nicht an. Gerda ist ein braver, gut erzogener Hund! Und alt genug, dass er nicht allem nachspringt, was Füße hat, läuft oder schwimmt.«

Irgendwie erinnerte ihn diese Szene an das Frühstücksgespräch mit seinem Vater, er flüsterte »Sorry« und gab ihr einen weiteren Kuss.

Zuerst brachte sie ihr Weg zu einer Skiliftanlage, die nach einigen Minuten nach der Hütte auf einen Hügel hinaufführte. Hier öffnete Helena den Karabinerhaken am Halsband des Golden Retrievers und ließ ihn laufen. Er raste den steilen Hang neben der Liftanlage hinauf und wieder runter. Blieb auf halber Strecke bei einer zu Werbezwecken abgestellten alten Liftgondel stehen, bellte und blickte zu dem Paar hinunter, als wollte er ihnen befehlen, ihm nachzukommen, was sie natürlich nicht vorhatten. Seiner Freundin und Gerda zuliebe warf Werner Stöckchen. Er konnte nicht begreifen, warum Hunde das liebten. In diesem Fall selbst alte Köter. Er wusste zwar einiges über die geliebten Vierbeiner, verstand aber oftmals ihr Verhalten nicht.

Nach unzähligen Wurf-Hol-Bring-Stöckchen-Spielen, an denen Gerda irgendwann das Interesse verloren hatte, spazierten sie zurück zum See, um ihn auf der anderen Seite zu umrunden. Helena machte keine Anstalten, das Tier wieder an die Leine zu nehmen, und Werner vermied wie ein unartiges Kind jegliche Bemerkung darüber, obwohl es ihm auf der Zunge brannte. Gerda lief vor und zurück, sprang rechts und links des Weges im Matsch herum, was Werner furchtbare Fantasien bescherte, wenn er an die Rückfahrt dachte.

Dass es bedeutend schlimmer kommen würde, ahnte er in diesem Moment nicht.

Helenas Mobiltelefon spielte den Sirtaki von Mikis Theodorakis. Das Musikstück aus dem Film »Alexis Sorbas« hatte ihr Jakob aufs Handy gespielt, damit sie immer heimatliche Klänge hören konnte, wenn Anrufe aus Griechenland kamen.

Helena bezeichnete sich meist als heimatlos. Im Kleinkindalter dem mediterranen Lebensstil und Klima entrissen, ins kühle, steife Deutschland geworfen und vor Kurzem als alleinerziehende Mutter nach Österreich ausgewandert, dorthin, wo die Ausländer-Raus-Politik stets salonfähig blieb.

Helena eröffnete das Telefongespräch mit griechischen Worten, offensichtlich war ihre Tante in der Leitung. Werner konnte sich die Namen der griechischen Inseln nie merken. Irgendwas mit »tiski« oder »tos«. Er merkte sich die Namen von Fernzielen nur, wenn er bereits dort gewesen war. Egal. Das Telefonat würde sicher lange dauern.

In Gedanken versunken blieb er stehen, drehte sich um und blickte den Weg entlang. Wo war Gerda? Helena war auf der Suche nach besserem Empfang ein Stück vorausgegangen.

Da, weiter hinten, abseits des Weges im Wald, sah er den Hund. Etwas schien ihn zu beschäftigen. Werner rief ihm zu, wurde allerdings nicht wahrgenommen. Verärgert marschierte er zurück, um Gerda aufzuschrecken. Er hatte die Stelle erreicht und sah durch die Sträucher zu ihm. Der Hund knurrte und zerrte an irgendeinem Ding zwischen dem Geäst herum.

»Gerda, komm hierher! Sofort! Bei Fuß!«

Das Tier richtete sich kurz auf, bellte und verbiss sich erneut in etwas am Boden. Offenbar steckte es im Erdreich.

»Mist! Dämlicher Köter! Muss ich mit meinen neuen Turnschuhen durch den Matsch? Komm her! Sofort!«

Alle vier Beine in den Boden gestemmt hob der Hund kurz den Kopf. Die Sache, die ihn beschäftigte, konnte er nicht weghieven. Egal wie fest er zog. Er knurrte und drehte seinen Schädel hin und her, ohne mit den Zähnen loszulassen. Jetzt erst bemerkte Werner, woran das Tier so vehement zog. Seine Gesichtsmuskeln erschlafften, die Kinnlade sackte nach unten. Instinktiv wusste er, was er nicht glauben und vor allem in keinem Fall sehen wollte.

In Gerdas Maul steckte ein nackter menschlicher Fuß, an dem sich offensichtlich der dazugehörende Körper befand, der in der feuchten Erde begraben war.

»Verdammte Scheiße! Gerda, lass das! Hör auf! Helena, komm sofort her, ich brauch dich! Gerda, lass das! Das darfst du nicht. Bei Fuß, Helena!«

Beide, Hund und Frau, sahen ihn verwirrt an. Werner blieb nichts anderes übrig, als in den Matsch zu steigen.

Vorher entledigte er sich seiner Schuhe und stieg besockt in den Schlamm, aus dem eine Unmenge an Blüten und Blättern der Pestwurz ragten. Hier hätte er für Helena erneut einen Griechenlandbezug gefunden, den er immer gerne suchte, um ihn ihr mit stolzer Brust zu offenbaren. Die breiten Blätter der Pestwurz wurden im alten Griechenland und bei den Römern gegen heftige Geschwülste verwendet. Im Mittelalter hatten die Menschen sie zur Behandlung der Pestbeulen eingesetzt, woher die Pflanze ihren deutschen Namen hatte.

Er rief Hund und Frau weiterhin zu sich und stapfte zu Gerda hinüber. Dabei zerkratzte er sich mit den Sträuchern, die er zur Seite bog, den Handrücken und die linke Wange, dazu verlor er im nasskalten Untergrund einen Socken. Der zweite klebte wie ein Wurmfortsatz an seinem vorderen Fuß. Er zog ihn herunter, warf ihn auf den Weg hinüber, wo er damit Helena am Kopf traf, die immer noch mit ihrer Tante telefonierte.

»Helena, bitte hör zu telefonieren auf. Ruf bei mir am Posten an. Hier liegt jemand.«

Die Aufprallspuren des Wurfgeschosses deutlich im Gesicht, in der linken Hand das Mobiltelefon, in der rechten den Socken, starrte sie an ihm vorbei. Aus ihrem Blick sprach deutliches Entsetzen.

»Gerda hat einen Fuß im Maul!«

»Sag ich ja. Ich muss ihn da wegbringen! Ruf bei der Polizei an!«

Werner drehte sich um, kämpfte sich zu dem Fundort durch. Das Tier kaute auf dem Fuß herum, die Abdrücke der Zähne waren an manchen Stellen deutlich zu sehen. Es hatte den Leichnam beinahe zur Hälfte aus dem Schlamm gezogen. Wiederholt sprach Werner auf Gerda ein, während dieser den toten Menschen anknurrte. Um den Hund am Halsband zu packen, musste er sich zu ihm hinunterbeugen. Der Golden Retriever war unruhig, blieb nicht auf der Stelle stehen, wie der Befehl lautete, sprang vor und zurück, zog sein Beutestück nach allen Seiten, um es zu verteidigen, so gut es ging.

»Helena, wirf mir die Leine herüber! Ich bring den Hund sonst nicht von der Leiche weg. Und ruf endlich Robert an! Er hat Dienst. Er weiß, was zu tun ist.«

Helena war wie versteinert, ein Vergleich mit der schlafenden Griechin wäre nun passend gewesen, sie bewegte sich ungelenk, schleuderte kurzerhand den Socken weg, wobei das Telefon zu Boden fiel. Geistesgegenwärtig rollte sie die Leine zusammen und warf sie über die Sträucher. Perfekter Wurf. Werner stapfte ein paar Meter zur Seite, um sie zu ergreifen.

Helena hob ihr Smartphone auf und drückte darauf herum, um die Polizeiinspektion in Schörfling anzurufen. Die Nummer hatte sie gespeichert, da sie Werner oft genug während des Diensts anrief, was er nicht besonders mochte.

Er hörte sie mit Robert Preuner sprechen, seinem Freund und Vorgesetzten. Die beiden hatte er vor einigen Wochen gegenseitig vorgestellt. Es brauchte keine langen Formalitäten und sie kamen sofort zur Sache.

Mit der Leine in der Hand kehrte Werner zurück zu dem Golden Retriever, der nach wie vor um die Leiche herumsprang und sich darin verbiss.

»Gerda, halt endlich still! Gleich haben wir es. Braver Hund. So ist es gut. Brav!«

Breitbeinig stand er da, beugte sich nach vorn und klinkte den Karabiner der Leine in den Ring am Halsband. Im selben Moment sprang Gerda zur Seite und riss Werner um, der das andere Ende des Riemens in der Hand hielt. Unfähig, sich irgendwo festzuhalten, kippte er um und fiel mit einem überraschten Aufschrei auf den Leichnam. Sein Kopf schlug zum Glück nicht zu hart auf, da ihn das nackte verschmutzte Hinterteil der Leiche auffing. Eine Gesichtshälfte bedeckte die linke Gesäßbacke des Toten. Durch den Aufprall waren Werner Schmutz und Erdreich in die Mundhöhle und Nase geraten. Die ungewollte begreifliche und absolut nahe Bestandsaufnahme sowie die Betrachtung des Opfers machten Werner zumindest klar, dass es sich bei der Leiche um einen nackten Mann handelte. Er spuckte und würgte aus, was nicht in seinen Mund gehörte.

»Was ist? Hast du dich verletzt? Brauchst du Hilfe?« Helenas Stimme klang besorgt.

»Ahh … Scheiße, nein! Ich hasse es. Verflucht!«

Er krabbelte auf allen vieren von dem Toten herunter, wobei er öfters an der feuchten, erkalteten Haut abrutschte und dadurch ohne Absicht mehrmals die primären Geschlechtsmerkmale des Ermordeten berührte.

»Dämlicher Köter! Ahhh…«

Schließlich richtete er sich auf und entdeckte im Matsch kniend, dass sich an den Händen des Toten keine Finger mehr befanden. Er war kurz davor, sich zu übergeben, wusste jedoch, dass dies die Arbeit der Spurensicherung immens erschweren würde.

Gerda bellte neben ihm auf und beäugte ihn mit schräg gehaltenem Kopf. Sicherlich eine Aufforderung zur Leckerli-Belohnung, da er, Gerda, den Fund gemacht hatte. Schnell richtete Werner sich auf, schnappte sich die am Boden liegende Leine und zog den Hund von dem Toten weg.

Er konnte Helena schemenhaft durch die Sträucher sehen. Auf ihre letzten Rufe hatte er nicht mehr geantwortet, da er zu beschäftigt gewesen war. Sie hielt das leuchtende Display in seine Richtung, was ihm lediglich ihren Standort verriet, aber sonst nicht wirklich half. Um ihm wirklich eine

Leuchte zu sein, hätte sie so wie er in den sumpfigen Blätterwald steigen müssen.

Werner schob die dünnen Äste auseinander und kam mit dem Hund hervor. Er fragte sich, ob sie ihn erkannte, so besudelt, wie er war.

Ihre Haare standen wirr vom Kopf. Wegen der Aufregung hatte sie sich wohl in den Haarschopf gegriffen und dadurch unbewusst den Gummi abgestreift, der ihren Rossschwanz zusammengehalten hatte.

»Gott sei Dank! Dir ist nichts geschehen. Robert verständigt sofort die Kollegen aus Altmünster und die Kriminalpolizei!«

Werner warf ihr stumm das andere Ende der Leine zu.

Da drang eine fremde Stimme durch den Wald.

»Vorsicht, weg da. Weg da, ich kann nicht mehr bremsen!«

Rechts des Weges kam ein Mountainbiker mit hoher Geschwindigkeit auf sie zugerast.

Helena trat rasch an den hölzernen Balken der Balustrade und der Fahrer sauste an ihr vorbei. Der Fahrtwind ließ ihre langen Haare in die Fahrtrichtung wehen.

»Trottel, depperter, du!«, schrie Helena ihm in griechisch-deutsch-österreichischem Akzent nach. Das klang so witzig, dass Werner trotz der absurden Situation lächelte.

»Bitte bring den Hund zum Parkplatz. Binde ihn an einem Baum fest, er darf so nicht in meinen Wagen!«

»Und du darfst? Ich bin mir sicher, dass Gerda im Moment sauberer ist.«

Ihm war klar, dass sie recht hatte, und er ignorierte es mit einer neuerlichen Anweisung: »Versuch bitte, den Weg abzusperren, lass keine Wanderer und Radfahrer auf die Strecke um den See. Die Kollegen werden bald da sein, dann können wir hier weg. Bitte, Helena. Mach, um was ich dich gebeten habe.«

»Wer ist das? Ist er umgebracht worden?«

»Das weiß ich nicht und will es auch nicht wissen. Geh jetzt!« Er drehte sie an den Schultern in die Wegrichtung. Seine Hände hinterließen Schlammspuren auf ihrer Kleidung.

Ein gemeinsamer Blick zu dem Hund zwischen ihnen und Helena schrie auf.

»Oh Gott, da liegt ein Finger!«

Gerda hatte einen abgetrennten Daumen gefunden und daran herumgekaut. Werner bückte sich, um ihm den Finger wegzunehmen. Das ließ der Golden Retriever nicht zu und fraß ihn rasch auf.

»Oh Gott, wie grausam. Entsetzlich. Das kann ich meiner Nachbarin nicht erzählen. Die schmust ständig mit Gerda rum.« Helena war zutiefst angewidert, das erkannte Werner an ihrer Mimik.

Wie aus dem Nichts tauchten zwei Läuferinnen auf, die tratschend an ihnen vorbeiliefen. Sie nickten zur Begrüßung, hielten nicht an, doch ihre erstaunten Gesichter sprachen Bände.

»Bitte nimm den Hund und geh!« Werner blickte an sich herunter. Es gefiel ihm nicht, was er da sah. »Mein Schatz, bring mir bitte eine Decke vom Auto mit, wenn die Polizei da ist.«

Er setzte sich auf den Boden, versuchte notdürftig, mit abgerissenen Blättern seine nackten Füße zu reinigen und warmzurubbeln. Der Matsch war eiskalt gewesen. Dabei entdeckte er einen Haargummi und steckte ihn ein. Verärgert schlüpfte er in die am Wegrand liegenden Turnschuhe.

Der Tag hatte echt beschissen angefangen! Im wahrsten Sinne des Wortes. Mehrmals versuchte er, mit dem Arm etwas von der Nase zu wischen, was nicht mehr dort war.

KAPITEL 5 – SAMSTAG, SPÄTER VORMITTAG

Attersee am Attersee

Natascha Weiss öffnete die stümperhaft ausgebesserte, grau gestrichene Tür, an der die Farbschicht durch den Lauf der Zeit an einigen Stellen abgeblättert war. Wie das Türblatt sah das gesamte Gebäude aus. Alt, abgewohnt und nie ausgiebig renoviert.

Die 20-Jährige besuchte zum zweiten Mal dieses Haus, das seit Kurzem ihr eigenes war. Sie hatte es von ihrem verstorbenen Vater geerbt. Ihrem leiblichen Erzeuger, von dessen Existenz sie bis vor dem letzten Herbst keine Ahnung gehabt und den sie nie wissentlich als solchen kennengelernt hatte.

Den Schlüssel zu dem Gebäude hatte sie vor einer Woche bei einem Notar in Vöcklamarkt abgeholt. Natascha hatte sich mit Vera Hubinger angefreundet, der Tante des Polizisten Werner, obwohl sie altersgemäß ihre Großmutter hätte sein können. Die ältere Dame hatte sie bei der ersten Begehung ihres neuen Grundeigentums begleitet. Bei ihrem vormaligen Besuch war sie nur kurz durchs Erdgeschoss gehuscht und hatte einen kurzen Blick in einen Raum des Obergeschosses geworfen.

Heute getraute sie sich erstmals, das Haus allein zu betreten. Es roch abgestanden, die meisten Zimmer waren unaufgeräumt und zeugten von einem Leben, mit dem sie bisher nichts zu schaffen gehabt hatte. Und jetzt war sie gezwungen, die Spuren einer ihr völlig fremden und beendeten Existenz zu beseitigen. Mit Widerwillen berührte sie diverse häusliche Dinge und persönliche Sachen, die herumlagen. Sie hatte nicht um einen anderen Vater und um ein eigenes Haus gebeten. Es ekelte sie an, das ungustiöse Badezimmer, die alles andere als saubere Toilette oder gar das unaufgeräumte Schlafzimmer eines Mannes zu betreten, der ihr die schlimmste Zeit ihres Lebens beschert hatte. Für diese Räume bräuchte sie einen Putztrupp, denn sie selbst würde sich sicherlich mehrmals übergeben.

Es hätte ihr genügt, auf der gegenüberliegenden Seite des Sees, zwischen Kammerl und Weyregg, in ihrer beschaulichen Eigentumswohnung zu leben, die sie von ihren geschiedenen Eltern zur Volljährigkeit erhalten hatte. Weiterhin wäre es ihr recht gewesen, den Ex-Mann ihrer Mutter auf Lebenszeit als ihren leiblichen Vater zu wissen sowie ihr unbedarftes, unspektakuläres Dasein weiterzuführen.

Die Entführung im letzten Herbst hatte sie aus allem herausgerissen, ihr zur Erinnerung Narben unterhalb des rechten Handgelenkes und am Fußknöchel zurückgelassen und ihre psychische Standfestigkeit gekippt. Sie hatte ebenso nicht darum gebeten, in ihrem Erwachsenenleben, das eben erst begonnen hatte, nackte Angst und Panikattacken erleiden zu dürfen.

Vera hatte versprochen, ihr in den nächsten Wochen zu helfen, das Haus auszuräumen und möglichst alles, was auf ihre ungewollte neue Verwandtschaft hinwies, zu beseitigen. Sie hatte heute nur vor, die verschiedenen Räume zu begutachten, die beiderseits eines schmalen Ganges lagen. Im oberen Geschoss sah es ähnlich aus: Zaghaft betrat sie Zimmer, die wirkten, als hätte der Besitzer erst heute früh das Haus verlassen.

Nataschas heutiger Plan sah vor, das obere Stockwerk genauer zu inspizieren, zu lüften und den seit über einem halben Jahr angelegten Staub zu entfernen, sofern es hier einen Staubsauger gab. Sie hatte sich Gummihandschuhe und eine blumig riechende Seife gekauft zum Schutz gegen widerliche Entdeckungen, derer sie sich sicher war.

Bekleidung, die sie zu Hause Tage zuvor in einen Altkleidersack zum Entsorgen gesteckt hatte, eine alte Jeanshose und ein Fleecepullover in den Farben Orange und Hellblau waren ihr behelfsmäßiger Schutzanzug. Sie würde sie nach getaner Arbeit, ohne sie zu waschen, in die Mülltonne stopfen.

Sie hatte kaum den Eingangsbereich betreten, da bemerkte sie, dass die Gartentür am anderen Ende des Ganges einen Spalt offen stand. Sie war sicher, dass sie diese bei ihrem ersten Besuch wieder abgeschlossen und den Schlüssel neben dem Türrahmen an einen rostigen Nagel gehängt hatte. Dort, wo er vermutlich immer hing.

Hatte Vera vergessen abzuschließen? War sie nochmals hier gewesen? Ihre betagte Freundin hatte darum gebeten, sich um den Minigarten kümmern zu dürfen, den sie zu einem beschaulichen Gemüse- und Kräutergarten machen wollte. Das sei allemal schöner und nützlicher als diese »Gstettn«, wie Vera den Wildwuchs hinter dem Haus bezeichnete. Für das Vorhaben, das Werners Tante gleich am Tag nach der ersten Begehung begonnen hatte, hatte sie einen zweiten Haustürschlüssel erhalten. Weil Natascha in Gartenbelangen unkundig war, würde sie nicht bemerken, dass zwischen den Kräutern auch Hanfpflanzen gesetzt waren.

Sie machte ein paar Schritte Richtung Stiegenaufgang, der sich von der Gartenseite her entlang nach oben zog, und hörte männliche Stimmen.

Ihre inneren Alarmglocken schrillten und sie versteinerte. Unfähig, sich zu bewegen, stellten sich unvermittelt die furchtbaren Ängste ein, die sie in manchen Nächten befielen, wenn sie von außen verschiedene Geräusche wahrnahm, die sie nicht zuzuordnen vermochte.

Der Luftzug stieß die Haustür zu und sie fiel mit einem lauten Knall ins Schloss. Das war zweifelsohne im ganzen Haus zu hören gewesen. Sie hielt den Atem an und versuchte, sich an der Holzwand unter dem Stiegenaufgang festzuhalten, was natürlich unmöglich war.

»Scheiße!«, hörte sie eine Männerstimme von oben rufen. »Schnell weg hier!«

Nachfolgend ein Getrampel von mehreren Füßen. Ein paar Männer in dunklen Lederjacken stürzten die Treppe herunter und verschwanden durch den hinteren Ausgang, ohne sich umzudrehen. Der Letzte kam gelassen die Stufen herab, drehte sich nach rechts und erblickte Natascha, die Schutz suchend die Wandvertäfelung zu durchdringen versuchte. Wie zu frühkindlichen Zeiten beim Versteckenspielen hielt sie die Augen geschlossen, in der Hoffnung, dadurch selbst nicht gesehen zu werden.

Sie hatte in dem kurzen Augenblick wahrgenommen, dass es stämmige Männer mit kurzen Haaren oder Glatzen gewesen waren. Wie viele durch die Gartentür gestürmt waren, konnte sie nicht sagen. Manche von ihnen hatten Säcke oder Taschen getragen.

Nach wie vor an die Wand gepresst, flach atmend, fühlte sie, dass plötzlich eine Gestalt direkt neben ihr stand. Extremer Gestank von Nikotin und unzureichender Körperpflege begleiteten die Worte, die an ihre Nase beziehungsweise an ihr Ohr drangen.

»Gut so. Lass die Augen ruhig zu. Braves Püppchen. Wir wollen uns nur nehmen, was uns gehört. Wenn du artig bist und die Tür hinten offen lässt, geschieht dir nichts. Wir müssen noch mal kommen, um den Rest zu holen, der im

Dachboden ist. Den haben wir vom ehemaligen Hausbesitzer gemietet. Stimmt es, dass er dein Vater war?«

Er wartete nicht auf eine Antwort, sondern sprach weiter und näherte sich mit seinem Mund ihrem Ohr.

»Mach oben einfach die Dachbodenklappe zu und geh nicht mehr rauf. Am besten ist, du hältst dich vom oberen Stockwerk fern, bis wir alles geräumt haben. Du hast null gesehen und gehört, warst gar nicht hier, so wie wir. Haben wir uns verstanden?«

Natascha spürte, dass ein zweiter Typ hinzugetreten war. Sie war zu keiner Reaktion imstande. Tränen traten durch ihre geschlossenen Lider und benetzten die Wangen. Sie wollte mit dem Kopf nicken, wusste jedoch nicht, ob sie es nur in Gedanken oder physisch tat. Die Narben an ihrem Hand- und Fußgelenk begannen zu pochen, dort wo ihr im Herbst die Kabelbinder ins Fleisch geschnitten hatten.

Sie fühlte fremde Finger auf ihrem Gesicht, die ihre Tränen verwischten und in Folge ihre Lippen öffneten, um die Zahnreihe abzufahren. Sie versuchte, den Kopf zu drehen, den Berührungen zu entkommen, was leider unmöglich war. Ihr Genick ließ keine Drehung zu, es war wie fixiert. Der Gestank war unerträglich, ihr war speiübel. Während der neu hinzugekommene Kerl seine Pranken auf Entdeckungsreise schickte, sprach der erste weiter:

»Heute Abend kommen wir noch mal oder eventuell morgen. Sieh zu, dass du nicht da bist. Wohnst ja eh woanders. Wenn das klappt und du niemandem von unserem Besuch erzählst, ist alles gut.«

Finger glitten über ihre Brust, den Bauch und kamen zwischen ihren Beinen an. Im selben Moment flüsterte eine andere Stimme ihr ins Ohr:

»Wenn es nicht klappt, dann …«

Sie zuckte zusammen, stieß einen stummen Schrei aus, da er sie heftiger befummelte.

Er fuhr ihr unter den Pulli auf den nackten Bauch und versuchte, einen Weg in ihren Hosenbund zu finden.

»... dann, weißt du, wir sind viele. Und einige von uns haben keine Freundin und würden sich gerne mit so einer geilen Puppe, wie du eine bist, vergnügen. Bist wahrscheinlich eh schon tausendmal gefickt worden.«

Nun mischte sich der andere ein:

»Wir wissen, wo du wohnst, wo und was du studierst. Wir wissen alles über dich. Verstecken bringt nichts. Darum frage ich ein zweites Mal: Hast du uns verstanden? Geht das klar?«

Bevor die Finger ihre Scham erreichten, ging eine Veränderung in Natascha vor. Die panikhafte Angst verwandelte sich in eine teilnahmslose Kälte, in eine ihr bis dato unbekannte Abgebrühtheit.

Sie nickte und sprach ein knappes »Geht klar! Verschwindet jetzt!« aus. Mit entschlossenem Griff zog sie die fremde Hand aus ihrer Hose und drückte sich von den Männern weg.

Eine Szene, ähnlich den brutalen IS-Hinrichtungs-Videos, die sie aus verschiedenen Serien der Streaming-Anbieter kannte, lief hinter ihren Augen ab. Sie malte sich aus, wie sie diesen stinkenden Kerlen die Pfoten und anderes mit einem Schwert abschlug, um sie nach heftigen Foltermethoden endgültig zu exekutieren.

»Gut, mein Püppchen! See you! Oder besser nicht!«

Sie drehten sich um, der Kleinere setzte sich eine Baseballkappe mit der gotischen Aufschrift »Wohlan« auf seinen Glatzkopf, die er aus der Jacke gezogen hatte. Mit theatralischem Machogehabe tänzelte der eine den Gang runter, hob einen gefüllten grünen Sack vom Boden auf und beide verschwanden im Garten. Das Letzte, was Natascha sah, war ein seltsames Zeichen am Rücken einer Jacke. Sie kannte es aus den Medien, aus Berichten über rechtsextreme Gruppierungen. Sie verglich es in Gedanken mit dem Visier eines Gewehres. Irgendwie beschlich sie das Gefühl, dass dieses Kreuz ebenso ein historisches Symbol sein konnte. Irisch beziehungsweise gar keltisch?

Sie sank auf die Holzdielen. Wischte sich mit dem Arm die restliche Tränenflüssigkeit von den Wangen und fuhr mit zwei Fingern zwischen ihre Lippen. Als würde sie prüfen, ob der Kerl dort etwas hinterlassen hatte. Sie würgte und spuckte aus, knallte mit der Faust an die Holzvertäfelung neben sich, holte tief Luft und schrie und schrie. Kein Hilfeschrei, nein. Sie schrie ihren Zorn, ihre unbändige Wut heraus. Wut über ihre Hilflosigkeit und ihren verdammten Panikanfall, der sie zu einer willenlosen Marionette hatte verkommen lassen.

Durfte jeder Schwanzträger sie befummeln und ausgreifen? Ihr männliches Machtgehabe an ihrer weiblichen Unbedarftheit abreiben?

Sie kleidete sich bewusst unspektakulär, empfand sich selbst in keiner Weise als Sexobjekt, und dennoch war sie heute erneut innerhalb eines Jahres zum zweiten Male als solches missbraucht worden.

Was sie im Nachhinein irritierte, war, dass der Kerl von ihrem Erbe und dem neu angefangenen Studium wusste. Woher hatte er diese Informationen? Wurde sie beobachtet? Observiert wie in einem schlechten Film? Sollte sie ihre Wohnung nach Wanzen oder Minikameras durchsuchen? Verfiel sie erneut in Paranoia?

Sie hatte in den letzten Monaten in Lenzing einen Selbstverteidigungskurs für Frauen an der Volkshochschule absolviert. Hatte gelernt, sich defensiv zu benehmen, sich mit Drehungen und Tricks aus misslichen Situationen zu befreien und auch zuzuschlagen und zu treten, wenn es sich nicht vermeiden ließ.

Nichts davon hatte sie soeben angewandt. Als wäre sie zu einer Schaufensterpuppe mutiert, hatte sie alles vergessen. Das durfte nicht noch mal passieren. Das konnte sie nicht zulassen. Wütend ob der Situation und über sich selbst, erhob sie sich und schritt den Gang entlang bis zur offenen Gartentür. Sie wandte die gelernten Schläge und Tritte gegen imaginäre Angreifer an und schlug jedem Mann der Welt mit einem kraftvollen Kampfschrei die Schnauze und die Eier ein.

KAPITEL 6 – SAMSTAG, KURZ NACH MITTAG

Weyregg am Attersee

Helena saß neben Werner auf einer der harten hölzernen Kirchenbänke und sah zu ihrem Sohn nach vorn, der erstmals seine Aufgabe als Ministrant bei einem Begräbnis ausüben durfte. Das violette Gewand der sonntäglichen Liturgie stand ihm farblich besser als die heutige Trauerversion, vor allem fand sie den schwarzen Kragen zu seinem mit Gel gebändigten dunklen Haar unpassend. Es ließ ihn irgendwie teuflisch wirken.

Sie war stolz auf ihren Sprössling und zugleich nervös, da es erst sein zweiter Einsatz als Ministrant war. Jedes Mal, wenn es zu knien, aufzustehen oder zu sitzen galt, sah er Hilfe suchend zu einer älteren Ministrantin, die ihm mit Kopfgesten zu verstehen gab, wie und wo er sich hinbegeben solle. Mit einem Grinsen, das sie mit ihren betenden Händen verdeckte, verfolgte die Mutter die manchmal tollpatschig wirkenden Bewegungen ihres Sohnes.

Sie hatten vorher eine Menge Stress gehabt. Durch den Vorfall am Taferlklaussee, dem Leichenfund, waren sie spät nach Hause gekommen. Alexandros hatte offenbar pausenlos vor dem Fernseher gesessen, umgeben von Chips und Limonade. Hektisch hatte er duschen, sich frisieren und ankleiden müssen, bevor sie ins Auto gestiegen waren, um nach Weyregg zu fahren. Helena hatte bei der Volksschule geparkt, und beim Aussteigen hatte Alexandros vermeldet, dass er pinkeln müsse. Und zwar sofort. Obwohl nun wirklich keine Zeit mehr dazu war. Rasch war er an den Rand des Parkplatzes getreten und hatte sich erleichtert, die drängenden Aufforderungen seiner Mutter im Rücken. Beim Abschütteln der letzten Tropfen hatte er sich etwas zu früh umgedreht. Helena hatte ihn vorwurfsvoll angeblickt, während er eine unangenehme Lage für seinen Kleinen ertastet hatte und sich ein paar feuchte Flecken auf und in der Hose zeigten. Es war keine Zeit mehr gewesen, etwas zu ändern, er hätte längst in der Sakristei auftauchen sollen. Alle hatten auf ihn gewartet, der Pfarrer, die Mesnerin, die Ministranten und Ministrantinnen. Kaum hatte er sich versehen, war ihm das Messgewand übergeworfen worden. Nach einigen letzten Anweisungen waren alle in den Kirchenraum getreten und die heilige Messe hatte beginnen können.

Werner war nur physisch in der Kirche anwesend. Er wusste, dass sein Vater und Tante Vera ein paar Reihen vor ihnen saßen. Vera war die jüngere Schwester seiner Mutter. Eine ehemalige Lehrerin, die um vieles ungewöhnlicher als sein Vater war. Sie bügelte für die beiden die Wäsche und versorgte sie mit allerlei Köstlichkeiten, die aus ihrem Selbstversorgergarten stammten. Er liebte sie wie seine Mutter, doch vergab er ihr nicht, dass sie Joints rauchte und bis vor Kurzem sogar Hanf in einem Glashaus angebaut hatte. Durch den verdammten Drogenkonsum hatte sie im Vorjahr jemandem ernsthaft Schaden zugefügt. Seither hatte sie lebenslängliches Waffenverbot bekommen. Von einer beachtlichen Geldstrafe ganz zu schweigen.

Gedanklich befand sich Werner ständig auf der Hochalmstraße. Obwohl er ordentlich geduscht und alle seine Körperöffnungen ausgiebig gereinigt hatte, fühlte er den kalten Schlamm und Schmutz auf und in der Nase. Die wiederholten Berührungen halfen da nicht. Es hatte gefühlt ewig gedauert, bis die Kollegen von Altmünster und der koordinierte Kriminaldienst aus Gmunden am Taferlklaussee angekommen waren. Gerda hatten sie an einem Holzblock angeleint, um zu verhindern, dass er weitere Leichenteile fand und auffraß. Ohne viel Erfolg hatten Werner und Helena versucht, Passanten zum Umkehren zu bewegen. Sein ungewöhnlicher äußerer Zustand hatte ihn in Erklärungsnot gebracht und einige Waldgeher dazu veranlasst, ihn als verrückt oder abartig zu bezeichnen.

Von den eintreffenden Kollegen kannte er alle, hatte ihnen das Wichtigste erzählt und darum gebeten, nach Hause fahren zu dürfen, um sich zu waschen sowie Helena und Gerda abzuliefern. Zur Aussage könne er später gerne zum Traunsee hinüberkommen.

Wer war der Tote? Nach seinen Vermutungen konnte er erst seit Kurzem dort liegen. Vielleicht ein bis zwei Tage. Auf das natürliche Schlammgrab schien keine Sonne, folglich blieb der Körper kühl und besser erhalten. Eine genauere Analyse war Sache der Gerichtsmedizin, er hatte nicht vor, sich intensiver mit dem Toten zu beschäftigen, als er es ohnehin schon getan hatte. Das überließ er bereitwillig den professionellen Kollegen. Er war ein Polizist, der seine Arbeit gerne verrichtete, hasste es jedoch, mit Leichen und Gewaltverbrechen konfrontiert zu werden.

Erinnerungen an den Morgen stiegen in ihm auf und ein kurzes Schütteln ging durch seinen Körper, was ihm einen fragenden Blick von Helena bescherte. Ihre gefalteten Finger lösten sich voneinander, und sie ergriff Werners Hand, die sie ein paar Sekunden lang gedrückt hielt.

Die monotone Stimme des Priesters, die von Bärbels abgelaufenem Leben erzählte, lullte ihn ein und verhalf ihm wiederholt, das Kirchenhaus in Gedanken zu verlassen.

Minuten später kehrte seine Aufmerksamkeit zurück und er stellte fest, dass er unbewusst die Fresken auf der linken Kirchenseite betrachtet hatte. Seine Augen hatten bei zwei Engeln angehalten, die Petrus eine Papstkrone aufzusetzen versuchten, was augenscheinlich durch den orangen Heiligenschein unmöglich war. Werner war kein Freund von Kirchenmalerei.

Er blickte rechts zu Helena, die sich nach liturgischer Vorgabe auf das Kniebrett begab. Er lehnte diese katholische Unterwürfigkeit ab und verweigerte das Niederknien. Noch dazu, weil ihm das linke Knie dabei meist schmerzte. Seltsam, dass er bei den Yogaübungen damit kein Problem hatte. Er rutschte mit dem Gesäß ein paar Zentimeter vor, senkte Knie und Oberkörper ein kleines Stück nach unten. Somit war der Huldigung seinerseits Genüge getan.

Beim Wiederaufrichten sah er, dass sich Alexandros, der sich wie alle Messdiener von den Steinstufen erhob, krümmte und schwankte. Sein Ministrantenkollege neben ihm war auf seinen schwarzen Liturgierock gestiegen. Der Stoff riss, und aus nicht ersichtlichen Gründen fiel der Junge um, ohne sich aufzustützen. Mit einem dumpfen Schlag prallte sein Kopf auf eine Stufe vor dem Altar, etwas abgebremst durch den Kirchenteppich.

Bevor die Messebesucher reagieren konnten, sprang Werner auf, stieg auf das Kniebrett und bewegte sich an den Kirchenbesuchern in seiner Reihe vorbei, ohne Rücksicht auf deren Knie zu nehmen.

Helena schrie auf und die Menge stimmte mit ein. Werner schob zwei Ministrantinnen zur Seite und erreichte den Jungen. Mit einer blutenden Platzwunde am Kopf lag er vor dem Hochaltar. Werner rief lautstark in den Kirchenraum hinein, dass jemand die Rettung anrufen solle. Behutsam drehte er Alexandros auf den Rücken, zog dessen linke

Hand, die unter dem Rock steckte, heraus und sprach ihn an. Zwecklos – der Junge war ohnmächtig.

Rechts neben ihm standen der Pfarrer und die Kinder, über die freie Seite des Altars kam Helena gelaufen und kniete sich vor ihren Jungen.

»Werner … was ist mit ihm …? Sag bitte nicht …«

Mit Tränen in den Augen blickte sie um sich, um etwas zu finden, mit dem sie ihrem Sohn das Blut abwischen konnte. Das Mädchen, das Alexandros die Anweisungen gegeben hatte, bemerkte es, entledigte sich ihres weißen Kirchenhemdchens und reichte es der verzweifelten Mutter. Vorsichtig wischte sie das Blut ab, was jedoch mehr einem Verwischen als einer Säuberung gleichkam. Das Material des Messgewandes war nicht dafür vorgesehen, Flüssigkeit aufzusaugen. Der Pfarrer brachte zwei Sitzpolster aus der Sakristei, die Werner ihm abnahm, um den Kopf des Verletzten darauf zu betten.

Die Pfarrassistentin drängte die Schaulustigen zurück, gab den Ministranten zu verstehen, eine körperliche Absperrung neben dem Altar zu bilden, und trat an das Mikrofon.

»Liebe Gläubige, bitte setzen Sie sich und bewahren Sie Ruhe. Die Rettung ist bereits unterwegs. Lassen Sie uns gemeinsam für den Jungen beten.«

Sogleich begann sie mit einem Vaterunser, dem weitere Gebete folgten, an die sich Werner aus seiner Zeit bei der katholischen Jugend dumpf erinnerte. Alle Nichtbeteiligten hatten sich gesetzt und beteten tatsächlich mit. Manche mit lauter Stimme, andere sehr leise oder stumm.

Helena hatte es geschafft, sich zur Platzwunde durchzuwischen, und drückte ein weiteres Ministrantenhemd darauf. Der Pfarrer hatte eine Schale Weihwasser zur Reinigung des kindlichen Gesichtes auf den Boden gestellt. Er wirkte hilflos und war zufrieden, wenigstens mit ein paar Handgriffen helfen zu können.

Werner richtete sich auf und sah erstmals über die betenden Menschen hinweg. Er wusste, dass die Rettung etwas Zeit brauchen würde, da der Wagen von der Rot-Kreuz-Stelle in Seewalchen anfahren musste.

Er bemühte sich, seine Anspannung zu lockern, und beobachtete die Betenden. Dabei wurde ihm erst jetzt bewusst, was sich vor ihm abspielte. Ein Schwall an positiver und hoffnungsvoller Energie brach unvermittelt über ihn herein. Alle Menschen in diesem Raum, selbst die Trauernden aus dem engsten Familienkreis, bildeten eine Einheit. Er hatte das Gefühl, sich in einer Wolke zu befinden, die aus Zusammengehörigkeit, Mitgefühl und Friedfertigkeit entstanden war. Werner spürte, wie ihm Tränen in die Augen traten und ihre Spuren über die Wangen zogen. Tränen der Verzweiflung. Tränen der Dankbarkeit. Seine Haut begann zu reagieren, und es stellte sich eine Gänsehaut ein, die ausgehend vom Nacken beinahe seinen ganzen Körper einnahm.

KAPITEL 7 – SAMSTAG, FRÜHER NACHMITTAG

Weyregg am Attersee

Die Beobachtung dieses unglaublichen Zusammenhalts und das Fühlen der dadurch entstandenen Energie von so vielen Menschen ließen ihn erstarren. Er konnte sich sekundenlang der Emotion nicht erwehren, die über ihn kam.

Durch den Stress der vergangenen Minuten, der völligen Selbstvergessenheit und dem Bemühen, mit ganzem körperlichen sowie geistigem Einsatz zu helfen, war seine Körpertemperatur gesunken. Bevor er es selbst bemerkte, waren die Thermorezeptoren, auch Temperaturfühler genannt, unter der Haut bereits an der Arbeit. Die Meldung des Wärmeverlustes wurde über das Rückenmark, das in diesem Fall wie eine blitzschnelle Rohrpost funktionierte, an die Zentrale weitergeleitet. Die Nachricht erreichte den Hypothalamus, der wie ein hausinterner Installateur wirkte und sein Quartier im Zwischenhirn hat. Dieser versetzte sofort alles in Alarmbereitschaft. Das aus eigener biologischer Herstellung stammende Hormon Vasopressin wurde in die Blutbahnen geschüttet, was eine Verengung der Gefäße unter der Haut bewirkte. Wie bei einer Hauswanddämmung von innen verhinderte dies einen zu großen Wärmeverlust nach außen. Ein leichtes Zittern folgte, das neuerliche Produktion von Wärme beabsichtigte. Jetzt kamen die unzähligen Musculi arrectores pilorum ins Spiel, Minimuskeln, die an jedem Haarbalg sitzen und diesen zusammendrücken, als würden sie ihn ausquetschen wollen. Egal ob Haare oder nicht, die Haarfollikel, nichts anderes als die Hülle der Haarwurzeln, stülpten sich nach oben und verursachten eine sichtbare Unebenheit der Epidermis. Die Piloerektion, eine Erektion, die nicht allein der Männerwelt vorbehalten ist und in der Umgangssprache Gänsehaut genannt wird, trat ein.

Die Ursachen dafür, derer es mehrere gibt, sind bis heute nicht zur Gänze wissenschaftlich erforscht.

Das Kirchentor öffnete sich und zwei Sanitäter, gefolgt von einem Arzt, traten ein. Kurz von dem gemeinsamen Gebet irritiert, das den Raum beherrschte, liefen sie mit einer fahrbaren Krankentrage unter der doppelstöckigen Empore zum Hochaltar nach vorn. Die Stimmen wurden ohne Zutun der Pfarrassistentin, die weiterhin am Mikrofon stand, leiser.

Ministranten, Priester und Werner stoben für den Rettungseinsatz auseinander und machten Platz. Einzig Helena blieb über dem Kopf des Kindes am Boden kniend und hob das zur blutstillenden Mullbinde umfunktionierte Ministrantengewand an, um die verletzte Stelle zur Behandlung freizugeben. Der Arzt legte Alexandros eine Beatmungsmaske an und versorgte die klaffende Wunde. Es vergingen einige Minuten, in der die Gebete vollends verebbten. Kaum war der Junge auf die Trage gelegt worden, kam Bewegung in den schmächtigen Körper. Helena lachte erfreut auf. Ihre Wangen waren tränennass, das Gesicht von der zerlaufenen Wimperntusche verschmiert. Sie blickte dankbar zu Werner, bevor sie sich wieder ihrem erwachten Sohn zuwandte.

»Agapiméni mou! Alles wird gut! Es ist nichts Schlimmes passiert. Ich begleite dich ins Krankenhaus!«

Während die Krankentrage von den Sanitätern durch den Gang gerollt wurde, hob der Junge eine Hand, um nach Werner zu greifen, der jedoch zu weit weg war, um sie zu drücken. Die Kirchenbesucher deuteten dies als Zeichen, dass er mit dem Schrecken davongekommen sei und die Menge damit beruhigen wolle. Wie bei einem Skifahrer, der beim Rennen gestürzt war und wieder aus eigener Kraft aufstehen konnte, begannen die am Gang Sitzenden zu klatschen. Und bald war jeder vom Platz aufgestanden, um das gute Ende der Geschichte zu bejubeln. Einzig die verstorbene Bärbel blieb in ihrem Sarg liegen.

Zeitgleich gingen zwei Nachrichten auf zwei Smartphones ein, die Minuten später gelesen wurden.

Die Meldung auf Werners Display lautete:

»Polizeiinspektion Altmünster – bitte 15.30 Uhr – Zeugeneinvernahme bei uns am Posten – Don-Alfonso-Weg 14 – kollegiale Grüße Gruppeninspektor Grüneis.«

Die Nachricht auf Veras Telefon hatte folgenden Inhalt:

»Hier Natascha. Bitte komm, so schnell du kannst, ins Haus nach Attersee. Konnte dich nicht erreichen. Brauche dich dringend!!! Danke!«

KAPITEL 8 – SAMSTAG, NACHMITTAG

Attersee am Attersee

Sie war nach der Attacke und dem daraus resultierenden Wutanfall die Treppe nach oben gestiegen. Hatte entdeckt, dass die Dachbodenluke offen war, zu der sie auf einer herunterziehbaren Holzstiege emporsteigen konnte. Dieses zusätzliche begehbare Stockwerk hatte sie beim ersten Besuch nicht beachtet. Mit mulmigem Gefühl stieg sie Stufe für Stufe hinauf, der Aufforderung des Mannes zum Trotz, die Luke zu schließen und den Raum nicht zu betreten. Die Kerle waren eindeutig Neonazis, da war sie sich sicher. Sie hatte bisher keine Erfahrung mit solchen Typen und konnte nicht einschätzen, wie gefährlich sie tatsächlich waren.

Oben angekommen eröffnete sich ein Raum mit beidseitiger Dachschräge, jeweils mit schmalen Kippfenstern ausgestattet, die tagsüber genug Licht spendeten. Links von ihr waren über die halbe Zimmerlänge graue und weiße Aufsatzschränke platziert. Zwei übereinander, ungefähr mit der Höhe eines Ordners, die Schiebetüren waren allesamt zugezogen. Dahinter standen verschieden große Kartons, die meisten offen, man konnte ungehindert hineinsehen und -greifen. Unter der rechten Schrägseite des Daches war eine lange hölzerne Arbeitsplatte montiert, davor ein alter Bürodrehsessel und ein Hocker. Allerlei Papiere und Prospekte stapelten sich auf der Platte. An der Kaminwand in der Mitte des Raumes befand sich oberhalb des verzinkten Kamintürchens ein blecherner Schlüsselkasten, der offen stand.

Einzelne Schlüssel hingen darin, die meisten davon waren ältere Modelle mit Bart. Wahrscheinlich passten sie zu den weiß lackierten Zimmertüren im ersten Stock des Hauses.

Natascha bewegte sich auf die Kartons zu. Der erste war zur Hälfte mit weißen bedruckten Textilien befüllt. Obenauf lag ein unverpacktes Exemplar, alle anderen waren einzeln in Plastikfolie eingeschweißt. Der Druck bestand aus einer Aufschrift, die sie an die Jacke ihres Angreifers erinnerte.

Als drohte unter den Textilien eine unbekannte Gefahr, betastete sie mit größter Behutsamkeit und Vorsicht die Oberfläche des Stoffes. In ihren Gedanken machte sich eine Ahnung breit, die sie versucht war wegzuschieben, denn das konnte irgendwie nicht sein. Sie hob ein Stück heraus, ließ ihm Zeit, sich nach unten zu entfalten, und stieß einen überraschten Laut aus, der jeweils zur Hälfte aus einem Lachen und einem erstickten Schrei bestand.

Sie hielt einen weißen Kinderstrampler in den Händen. Ein Kleinkind-Einteiler mit Druckknöpfen zum Windelwechseln. Das Besondere daran war der Aufdruck: eine Vignette, gefüllt mit gezackten Blättern und einem Schwert im Vordergrund. Der große Buchstabe war für sie ein J, sollte aber ein I sein. In gotischer Schrift war zu lesen: »Ich schweige nicht.«

Diese Entdeckung amüsierte sie mehr, als sie sie schockierte. Das Kleidungsstück über den Arm gelegt, als hätte sie es in einer Boutique zur Vorauswahl bestimmt, beugte sie sich zum nächsten etwas kleineren Karton hinunter. Diesmal entfuhr ihr ein rein humorvoller Laut. Sie erblickte ein Babylätzchen mit dem aufgestickten Wort »Wohlan«. In gleicher Schrift wie beim Einteiler.

Was war das hier? Das Lager eines gotischen Kinder-Textilladens? Wer kaufte so etwas?

Den Schock des körperlichen Übergriffs mehr und mehr vergessend, stöberte sie in den vielen Verpackungen, hob einzelne Stücke heraus, als würde sie die Vollständigkeit einer Produktpalette überprüfen.

Shirts in verschiedenen Größen und Farben mit der Applikation einer erhobenen Faust und den Worten »Volkskraft« und »Volkslehrer«. Gleiches mit den Sprüchen: »Schuldkult brechen«, »Volkskraft voraus« und wieder »Wohlan«. Badetücher, Kochschürzen, Tassen, Handyhüllen, Aufkleber und mehr.

Nach vielen Minuten beendete sie ihre imaginäre Shoppingtour. Überraschung und Amüsement wichen der Langeweile und dem Ekel vor Menschen, die diese Sachen kauften und verkauften.

Sie war kurz versucht, die Schränke zu öffnen, doch die Neugierde war versiegt. Sie setzte sich auf den Bürostuhl. Mit den Füßen brachte sie ihn zum Rotieren und ruhte sich ein paar Drehungen aus, ehe sie mit den Händen an der Arbeitsplatte ihre Karussellfahrt beendete und die Papierstöße betrachtete. Ein kleiner CD-Player war dazwischen platziert. Ohne eine bestimmte Erwartung drückte sie auf die Playtaste und zog eine CD-Hülle hervor, die neben dem Gerät steckte.

Die Melodie, die aus ovalen Autoradioboxen ertönte, die unter der Platte montiert waren, kam ihr bekannt vor. Sie blickte auf das Cover der CD und ließ sie sogleich erschrocken fallen. Auf dem schwarz-weißen Frontbild erkannte sie Gehängte, ein Foto einer Hinrichtung aus der Nazizeit, wie sie es aus den Medien und dem Geschichtsunterricht im Gymnasium kannte. Die Köpfe der Hingerichteten waren teilweise in stümperhaften Fotomontagen durch andere ersetzt worden. Zum Beispiel mit einem Schwarzen mit Rastalocken.

Gleichzeitig drang der schreckliche Text des Liedes durch den Refrain »Ist das der Sonderzug nach Mekka?« in ihr Bewusstsein. Sie erinnerte sich an den »Sonderzug nach Pankow«, das Original von Udo Lindenberg, den ihre Mutter verehrte.

Sie gab dem Gerät keine Chance, den Titel von selbst zu Ende zu spielen, riss es von der Steckdose und warf es mitsamt der innen liegenden CD unter die Dachschräge. Die leere Hülle folgte prompt.

Wo war sie da hineingeraten? Welches Netzwerk hatte sich in diesem Haus breitgemacht?

Jetzt war für sie der Zeitpunkt gekommen, auch in die Aktenschränke zu blicken. Wie sie es bei einem Büromöbel erwartet hatte, präsentierten sich verschiedenfarbige Ordner. Alle mit der gleichen Handschrift beschrieben. »Rechnungen«, »Dokumente«, »Kunden« und anderes. Ganz rechts stach einer durch seine gotische Beschriftung heraus: »Briefe«.

Natascha zog ihn heraus und setzte sich damit wieder an die Arbeitsplatte. Verschiedenste Briefe befanden sich zum Schutz in Klarsichthüllen, vermutlich nach Datum sortiert. Sie hatte persönliche Aufzeichnungen und Briefe immer schon faszinierend gefunden. Deshalb las sie gerne biografische Bücher, in denen Briefe und Tagebuchauszüge abgedruckt waren. Boten sie doch die Möglichkeit, Privates und unausgesprochene Gedanken von anderen Menschen zu erfahren.

Was sollte sie mit all dem hier machen? Das Fassungsvermögen der Mülltonne neben dem Haus würde nicht einmal für die Textilien reichen.

Sollte sie die Polizei rufen? Den Nazis die Gelegenheit bieten, alles abzuholen? Nein, sie hatte nicht vor, sich diesen Schweinen nochmals ungeschützt anzubieten. Hoffentlich ließ Vera nicht zu lange auf sich warten! Das Begräbnis dürfte bald vorbei sein, und sobald sie ihre SMS gelesen hätte, würde sie kommen.

KAPITEL 9 – SAMSTAG, NACHMITTAG

Altmünster

Werner Adler stellte seinen Wagen auf dem für Besucher vorgesehenen Parkplatz beim Sicherheitszentrum von Altmünster am Traunsee ab. In dem lang gezogenen Gebäude waren Feuerwehr und Polizei untergebracht.

Er war direkt vom Krankenhaus in Vöcklabruck hierhergefahren. Es hatte anfangs ernster ausgesehen als im Spital diagnostiziert. Alexandros hatte sich ein paar Hämatome zugezogen und die Platzwunde am Kopf war von der Unfallärztin genäht worden. Wegen einer starken Gehirnerschütterung sollte er mindestens eine Nacht zur Beobachtung auf der Kinderstation bleiben.

Werner wollte Helena später abholen. Sie war mit dem Rettungswagen mitgefahren und ihr Auto stand deshalb noch bei der Schule in Weyregg.

Kaum hatte er den Ford abgesperrt, da kündigte sein Smartphone eine eingehende SMS an.

»Habe eine blaue Yogamatte für dich reserviert. Kommst du rüber oder soll ich sie am Mittwoch mitnehmen, wenn ich in Seewalchen bei der Yogamichi eine Asana-Stunde leite? Liebe Grüße Ava.«

Michi war eine bekannte Yogalehrerin am Attersee. Er hatte für seinen Kurs den Traunsee gewählt, da er seine erste Yogaerfahrung nicht unter einer Menge Frauen machen wollte, die er womöglich kannte.

Er nahm sich im Moment keine Zeit für eine Antwort

und schritt auf das Gebäude zu. Nachdem er die Sprechtaste am Eingang zur Polizeiinspektion gedrückt und seinen ursprünglichen Familiennamen durchgesagt hatte, wurde ihm die Berechtigung zum Eintritt mittels eines Summtones erteilt. Auf dem Polizeiausweis, der in der Geldtasche steckte, würde nicht mehr lange der Name Zufall prangen.

Revierinspektor Grausgruber empfing ihn oberhalb der Stiege im ersten Stock, wo sich die Büros befanden.

»Na schau. Der Zufall hat sich an den Traunsee verirrt. Und das in Zivil? Servus, Werner.«

»Grüß dich, Chisi.« Das war Grausgrubers Spitzname, den man ihm schon zu Kindertagen verpasst hatte. Man sprach es aus wie Tschisi.

»Ich heiße jetzt nicht mehr Zufall, sondern Adler, erzähl ich dir später. Doch dass ich in Zivil hier bin, ist unbestritten ein Zufall. Wer ist denn da?«

Sein Kollege führte ihn den Gang entlang.

»Der Bezirksinspektor Ziegler, unser Postenkommandant Falschlunger und der Herr Chefinspektor Müllner vom Landeskriminalamt Linz mit einem Jungspund, der heißt irgendwas mit ›itsch‹ am Schluss.«

Der »Itsch« hieß Kovačević, war Aspirant und sprach perfekteres Deutsch als einige der Kollegen hier am Traunsee, was sich bald herausstellte.

Müllner und Adler kannten sich bereits vom Vorjahr, in dem es ebenfalls einen Fall mit einem Leichenfund gegeben hatte.

Nach den Begrüßungen erfuhren die Kollegen bei der Datenaufnahme, der kleinen Nationalen, von Werners Namensänderung und deren Begründung.

Chisi konnte sich einen Kommentar nicht verkneifen: »Geh, Schade. Jetzt können die am Attersee nichts mehr dem Zufall überlassen.«

Keiner außer ihm fand es witzig, und er war der Einzige, der breit grinste und sich verlegen an seinen Dutt griff. Bei manchen Männern mochte dieser Samurai-Bun sexy wirken, bei Christian sah es eher dämlich als aufreizend aus. Vor allem da er glänzend leuchtende Gummiringe verwendete, die besser zu einem Ponyhof gepasst hätten als in eine Polizeistation.

Werner berichtete penibel vom Ablauf des Leichenfundes. Wie der Hund auf dem Fuß herumgebissen hatte, er selbst auf dem nackten Körper gelandet war und seine griechische Freundin auf der Polizeistation angerufen hatte.

Nicht einmal Müllner, der ständig über seinen dicken Schnurrbart strich und die Enden mit zwei Fingern zwirbelte, konnte sich bei den ausführlichen Schilderungen ein verschmitztes Lächeln verkneifen. Keiner der Anwesenden wusste oder ahnte auch nur, wie verstörend der neuerliche Kontakt mit einer Leiche für Werners Psyche gewesen war.

»Herr Zu… äh, Herr Adler, der Hund hat also einen Finger gefressen? Warum haben Sie uns nicht gleich davon in Kenntnis gesetzt? Wir hätten einen Tierarzt beauftragen können, um diesen Daumen, um den es sich Ihrer Meinung nach handelt, aus dem Tier herauszuholen. Inzwischen dürfte die Haut verdaut sein. Kannten Sie den Toten?«

Der Revierinspektor vom Attersee überging die Rüge. »Sorry, so verdreckt wie der war, hätte ich keine Chance gehabt, ihn zu identifizieren, sogar wenn er mein Nachbar gewesen wäre.«

»Augenblick«, unterbrach der Bezirksinspektor und deutete auf den Computerbildschirm. »Es wird nicht mehr allzu lange dauern. Die Gerichtsmedizin ist bei der Arbeit. Sie haben uns versprochen, Bilder der gereinigten Leiche zu übermitteln.«

Werners Handy klingelte, er fingerte es aus seiner Jackentasche, um es abzustellen. »Entschuldigung, habe vergessen, es lautlos zu stellen. Darf ich rangehen? Meine Leute vom Schörflinger Posten sind dran. Vielleicht etwas Wichtiges.«

Ein kurzes Nicken aller Ranghöheren signalisierte ihm die Erlaubnis zu dem Gespräch.

»Hier Werner, was ist los? Bin bei der Zeugeneinvernahme in Altmünster.«

Sein Freund Robert war am anderen Ende.

»Alles klar, Werner, nur kurz, ich weiß, du hast Urlaub, doch könntest du morgen früh eine Fahrt für die Linzer Kollegen mit dem Motorboot machen? Du weißt, Stefan darf zurzeit nicht damit fahren, und du bist im Moment der Einzige dafür.«

»Ja, geht klar. Ich rufe dich später wegen der Details an.« Er kappte die Verbindung und stellte das Gerät auf stumm.

Ein anderer Klingelton verkündete, dass eine Nachricht am Computer eingegangen war, vor dem der Bezirksinspektor Ziegler saß. Gleichzeitig wurde die Tür vom diensthabenden Polizisten aufgerissen. Aufgeregt wedelte er einen mit Bleistift beschriebenen Zettel herum.

»Soeben hat ein Wanderer beim Pinkeln eine abgetrennte Fingerkuppe in der unmittelbaren Nähe des Tatortes am Taferlklaussee gefunden. Er konnte jedoch nicht angeben, ob sein Urin das Stück getroffen hat oder nicht. Ich habe ihn gebeten zu warten, bis ein Beamter von uns kommt.«

Alle starrten den Uniformierten an. Bevor jemand nachfragen konnte, meldete sich Ziegler zu Wort und zog den Fokus auf sich.

»Hier ist das Foto der gereinigten Leiche von der Gerichtsmedizin. Habt ihr einen Farbdrucker?«

Keiner der Anwesenden wusste in diesem Augenblick, welcher Neuheit er sich dringlicher zuwenden sollte und für welche er durch seine berufsbedingte Kompetenz zuständig war.

Müllner wandte sich ärgerlich an Grausgruber. »Mist. Haben Sie den Tatort nicht mit den Bändern abgesichert? Was müssen die Idioten beim Schiffen auch überall rumtrampeln.«

»Na klar haben wir alles abgesperrt. Ich weiß nicht, durch wie viele Sträucher wir heute gestiegen sind. Und wie viele Bäume wir mit den Absperrbändern umwickelt haben.«

»Fahren Sie bitte rauf. Darf mein Aspirant Sie begleiten?« Er deutete auf Kovačević, der überrascht aufsah. Bisher hatte er wie eine abgestellte Schaufensterpuppe neben dem Geschehen gestanden.

»Tut mir leid, ich habe nicht mehr lange Dienst. Wäre mir lieber, wenn ich es alleine machen könnte.«

Eine ausgeschlagene Bitte war Müllner nicht gewohnt. Da es aber nicht sein Revier war und der Postenkommandant dies bestätigte, nickte er zustimmend.

»Ja, gut. Nehmen Sie den Finger und die Daten des Tatortbepinklers auf. Sollte er unbefugt hinter der Absperrung gewesen sein, verpassen Sie ihm eine gehörige Ordnungsstrafe.«

Das Bezwirbeln der chefinspektorischen Bartspitzen wurde immer intensiver, sodass Chisi gebannt darauf starrte und Gefahr lief, das Gesagte zu überhören. Zusätzlich musste er sich beherrschen, um nicht ebenso nervös an seinem Dutt herumzukneten.

Der Kriminalbeamte erläuterte weiters: »Die Taucher kommen erst morgen früh, um den nahen Seegrund abzusuchen. Ein Kollege der Spurensicherung wird mit von der Partie sein. Den Rest des Fingers nehmen Sie bitte zur Verwahrung mit, am besten sofort auf Eis legen. Vielleicht finden Sie noch weitere Körperteile, bevor der nächste Hobbyalpinist womöglich darauf scheißt.«

Er hatte das mit solcher Wut ausgesprochen, dass es niemand wagte, den Ausspruch auch nur im Ansatz witzig zu finden.

Werner, der keine Details von der Fingerkuppensuche wissen wollte, wandte sich dem am Computer sitzenden Beamten zu.

»Kann ich gehen? Haben wir alles?«

Der Bezirksinspektor bat ihn, noch kurz zu warten, und betrachtete die übermittelten Fotos des Toten. Er hatte mehrere Bilder überlappend auf dem Bildschirm aufgereiht. Eine Aufnahme zeigte das Gesicht des Ermordeten von oben.

»Mir kommt der Mann nicht bekannt vor. Eventuell erkennen Sie ihn? Oder einer der Kollegen?« Er blickte dabei den Polizisten vom Attersee auffordernd an.

Adler war gezwungen, sich erneut des Toten anzunehmen. Seine ungewollte Annäherung heute Morgen wäre ihm genug Recherche gewesen.

Müllner schaltete sich dazwischen. »Moment, meine Herren. Das ist nicht euer Fall, und ich bestimme, wann wer die Fotos zu sehen bekommt. Es ist schon richtig, Herr Bezirksinspektor, dass ihr alle hier einen Blick drauf werfen solltet. Aber wie gesagt ist es meine Entscheidung. Machen Sie bitte den Platz frei.«

Der Bezirksinspektor rutschte vom Stuhl, es war ihm sichtlich unangenehm, vor Beamten mit niedrigerem Dienstgrad gemaßregelt zu werden.

Müllner wiederholte die Frage nach einem Farbdrucker, die der Postenkommandant Falschlunger mit den Worten »Gelb ist aus« beantwortete.

»Was heißt das?«

»Wenn eine Farbpatrone leer ist, können wir gar nichts drucken. Und es wurde übersehen, eine neue zeitgerecht anzuschaffen. Sie wissen ja, wie der Beamtenschimmel wiehert.«

»Gut, dann sehen wir uns gemeinsam die Fotos am Bildschirm an.«

Alle schritten gleichzeitig auf den Monitor zu und verursachten einen unfreiwilligen Tumult, der einer gewissen Situationskomik nicht entbehrte. Murmelnd traten einige wieder zurück, was abermals zu peinlichem Ankörpern führte.

Müllner beherrschte sich sichtlich, seinem Zynismus freien Lauf zu lassen, und starrte auf den nackten Leichnam, der den ganzen Bildschirm einnahm.

Werner erschrak, als er das gereinigte Gesicht des Toten sah. Das konnte doch nicht sein? Oder?

KAPITEL 10 – SAMSTAG, NACHMITTAG

Vöcklabruck

Helena drückte ihre letzte Lucky Strike auf dem riesengroßen Abfallbehälter vor dem Krankenhaus aus. Sie rauchte am Tag höchstens zwei bis drei Zigaretten. Das Aufhören damit war für sie kein Thema. Sie rauchte nicht in Gegenwart ihres Sohnes und versuchte, es ebenfalls zu vermeiden, bevor sie sich mit Werner traf. Er fand den Geruch abscheulich. Die Aussage, dass ehemalige Raucher die penetrantesten Nichtraucher seien, bewahrheitete sich bei ihm auf jeden Fall. Sie schritt durch die beiden Schiebetüren, betrat links das Café und bestellte sich einen Cappuccino mit einer Haustorte zum Sonderpreis, was nach wie vor teuer genug war.

Alexandros war auf der Kinderstation untergebracht. Tapferer Junge, er hatte beim Nähen der Platzwunde kaum geweint und war bald in seinem Krankenzimmer eingeschlafen, das er sich mit einem ungefähr gleichaltrigen Burschen mit Blinddarmdurchbruch teilte. Die zwei anderen Betten blieben vorerst frei. An den Wochenenden versuchte man, wenn möglich, die Kinder in die elterliche Obhut zu entlassen.

Werner hatte versprochen, sie abzuholen und einen Pyjama sowie Toilettenartikel für den Jungen aus der Wohnung mitzubringen, sobald er mit der Zeugenbefragung in Altmünster fertig war. Sie mochte ihn wirklich gern und war sich im Klaren darüber, dass er so in sie verliebt war, dass er lieber gestern als heute mit ihr zusammengezogen wäre. Er hatte sich in der Kirche rührend um den verletzten Alexandros gekümmert. Völlig selbstlos, mit Tränen in den Augen war er für ihren Sohn da gewesen. In diesem Moment war alles vergessen, es ging nur mehr um eine Sache, das Hier und Jetzt. Im Nachhinein beschlich sie ein schlechtes Gewissen.

Sie hatte ihn bis jetzt nicht eingeweiht, und nun, wo die Beziehung intensiv im Gange war, getraute sie sich nicht, ihm die Wahrheit vorzusetzen. Er würde höchstwahrscheinlich meinen, sie habe ihn ausgenutzt, da ihr seine Position als Polizist entgegenkomme. Dabei hatte sie vorsichtig erst ein- oder zweimal in diese Richtung gefragt. Wobei nichts Bedeutendes für sie herausgekommen war. Ja, sie hatte Werner wirklich gerne, genoss seine Fürsorge, bewunderte seine Mitverantwortung für ihren Sohn, liebte seine Liebkosungen, und ihr sexuelles Zusammenspiel brachte beiden Befriedigung und Spaß.

Während sie den Löffel gedankenverloren öfter, als notwendig gewesen wäre, in ihrer Tasse kreisen ließ, zogen verschiedene Patienten und Besucher an ihr vorbei. Ein älterer Mann, dessen rechte Kopfseite mit Faschen umwickelt war, sodass er einer Mumie glich. Dürfte was mit dem Ohr sein. Sie war versucht, ihre früheren Gedankenspiele wieder aufzunehmen.

In Deutschland hatte sie mit ihrer Familie schräg gegenüber von einem Krankenhaus gewohnt. Stundenlang hatte sie mit ihrer Jugendfreundin am Fenster gesessen, um Menschen zu beobachten, die das Spital betraten oder verließen. Sie mutmaßten über deren Krankheiten, Verletzungen und Gründe, das medizinische Gebäude aufzusuchen. Ließen sich die absurdesten Geschichten einfallen und strickten daraus wahre Melodramen, deren Stoff locker Material für einen abendfüllenden Spielfilm oder eine Miniserie hergegeben hätte.

Sie ertappte sich dabei, den Fall des eingebundenen Ohres mit einem darin steckenden Löffel zu begründen, der nicht zufällig dorthin gekommen war. Die Ehefrau, die …

»Ist dieser Sessel frei?«

Die Stimme eines jungen schwarzhaarigen Mannes holte sie zurück nach Vöcklabruck, zurück in ihre Rolle als Mutter eines verletzten Knaben und als Geliebte eines Polizisten auf Zeit.

»Ja natürlich. Ich bin allein hier.«

Der Mann nahm den Stuhl und stellte ihn zwei Tische entfernt ab, wo bereits drei Menschen saßen. Einer davon in einem bunten Bademantel, der darauf hinwies, dass er im Moment Bewohner dieser Anstalt war. Des Weiteren war kein Grund für seinen Krankenhausaufenthalt erkennbar.

Ein Blick auf die Uhr verriet ihr, dass Werner bald da sein müsste. Sie beschloss, eine Viertelstunde zu warten, bevor sie ihn anrufen würde. Er suchte sicherlich in ihrer Wohnung verzweifelt nach einem Schlafanzug für Alexandros. Sie hatte ihm ausführlich erklärt, wo er zu finden sei. Würde er die Chuzpe haben, in ihren persönlichen Sachen herumzuschnüffeln? Fotos und Dokumente betrachten, die ihn nichts angingen?

Nein, davor hätte er Skrupel. Er war ein liebenswerter Kerl, dem man nie böse sein konnte und den sie sich in diesem Leben nicht verdient hatte.

Wie gerne hätte sie ihre eigene Geschichte anders ablaufen lassen und sich für die Zukunft in die Hände dieses Mannes begeben. Hier in Österreich, in dieser schönen Gegend, die sie manchmal mit Wehmut ein bisschen an Griechenland erinnerte. Vor allem wenn sie am Abend am See saß, das Plätschern hörte und durch das klare Wasser auf den See blickte.

»Das ist unser gemeinsamer Seelenblick«, pflegte Werner in solchen Momenten zu sagen.

Sie fand diese Wortspielerei schön und zutreffend.

Doch wenn sie an ihr Vorhaben hier am See dachte, drängten sich ganz andere Menschen auf, die ebenso an dem Gewässer lebten.

Wie abgrundtief konnte die Seele eines Einzigen sein? Wie tief konnten Menschen in ihren sozialen Handlungsweisen sinken? Gab es für solch bösartige Artgenossen überhaupt ein Ende, eine Art Seelengrund? So wie jeder See und jedes Meer, egal in welcher Tiefe, einen Grund hatte? Oder waren die menschliche Niedertracht und Grausamkeit bodenlos?

Sie hatte ihrem Großvater am Sterbebett vor vielen Jahren etwas versprochen. Selbst wenn sein letzter Wille auf ihrer eigenen Seele lastete, wenn sich sogar Alexandros' Leben bisher danach hatte richten müssen, hatte sie vor, dieses Versprechen zu erfüllen. Auch wenn sie noch keine Ahnung hatte, wie!

KAPITEL 11 – SAMSTAG, NACHMITTAG

Altmünster

Werner wiederholte seine Aussage: »Ich weiß nur, dass er Klaus heißt. Mehr nicht. Ich habe ihn am Donnerstag bei einem Kurs in Altmünster kennengelernt.«

»Sie sind sich absolut sicher?«, fragte der Chefinspektor aus Linz. »Vielleicht eine Ähnlichkeit mit jemand anderem?«

»Nein, äh ... ich meine ja, das breite Feuermal unterhalb der linken, sorry, unter der rechten Brust. Das habe ich bei ihm nach dem Duschen in der Umkleide gesehen.«

Chisi meldete sich mit einem kurzen Lacher und meinte hämisch: »Der Zufall geht mit der Leiche duschen! Bist du ans andere Ufer geschwommen oder was ist los mit dir?«

Müllner gefiel der Ton des heimischen Polizisten zwar offenbar nicht, doch stellte sich hier eine Sachlage dar, die viele Fragen aufwarf, deren Beantwortung dringend erforderlich war. Er blickte aufmerksam zu dem neben ihm stehenden Beamten in Zivil.

Werner wünschte sich, dass sich der Boden auftat, um ihn zu verschlingen. Oder einen Pakt mit dem Teufel, den wäre er in diesem Moment, ohne mit der Wimper zu zucken, eingegangen. Der Ausflug in die Welt des Yoga war seine Privatsache, doch nach dem eigenen erkennungsdienstlichen Hinweis hatte er ihn unter den Kollegen offenzulegen. Eine gewisse Häme und untergriffige Bemerkungen wären ihm demnächst sicher.

»Ich habe die letzten Tage in einem Yogaseminar in Altmünster verbracht. Im Sportzentrum. Und Klaus war neben mir der einzige männliche Teilnehmer. Und wer keine Ahnung davon hat«, dabei blickte er vorwurfsvoll seine umstehenden Kollegen an, »dem möchte ich mitteilen, dass man da ordentlich ins Schwitzen kommt. Und ich gehe nach dem Sport gerne sofort duschen, wenn es möglich ist. Das macht ihr ja ebenso. Vergesst gleich eure blöden Bemerkungen!«

Gerne hätte er Chisi vorgeworfen, dass die Meldung vom anderen Ufer nicht nötig gewesen wäre. Homosexualität war sowieso ein heikles Thema unter Polizisten. Ein paar betretene Gesichter zeigten, dass seine Äußerung wirkte.

»Danke für Ihre Offenheit, Herr äh … Adler. Wie kommen wir nun zur Identität des Toten? Haben Sie die Adresse oder Telefonnummer der Kursleiterin?« Müllner, ehrlich und professionell, zeigte kein Schmunzeln, geschweige denn eine andere herablassende Mimik oder Gestik.

»Ich kann sie anrufen. Habe die Nummer gespeichert. Ava heißt … Moment, da muss ich am Handy nachsehen.«

Er drückte einige Male herum.

»Hier steht es. Eva Mühlböck. Als Yogalehrerin nennt sie sich Ava.«

»Könnten Sie sie vielleicht gleich anrufen?«

»Selbstverständlich!«

»Und stellen Sie Ihr Telefon bitte gleich laut, damit wir mithören und mit ihr sprechen können.«

Es läutete dreimal, da erklang eine raue Stimme: »Hallo, Werner. Willst du die Yogamatte gleich selbst abholen? Ich bin wieder in Altmünster. Ich habe auch Yogablöcke und Meditationskissen hier.«

Mist, sie hatte sich seine Nummer ebenfalls gespeichert.

Die Kollegen konnten sich nicht mehr halten und prusteten los. Selbst der Ranghöchste im Raum konnte seine Belustigung nicht mehr unterdrücken.

»Werner? Was ist da los bei dir?«, tönte es aus dem flachen Gerät.

»Sorry, Eva. Es ist gerade etwas schwierig. Ich bin in der Polizeistelle Altmünster. Kannst du mir bitte sagen, wer der zweite männliche Teilnehmer unseres Kurses war?«

»Du meinst Klaus? Was ist mit ihm?«

»Eva! Wir benötigen den Familiennamen sowie seine Adresse. Kannst du uns bitte helfen?«

»Werner, was redest du da? Wieso müsst ihr das wissen? Klaus Braunauer heißt er. Er wohnt vorübergehend bei mir. Er ist seit ein paar Wochen mein neuer Lebensgefährte. Ist ihm etwas zugestoßen? Er war heute Nacht nicht bei mir, obwohl er kommen wollte.«

Tobias Müllner griff nach Werners Smartphone und übernahm das Gespräch.

»Frau Mühlböck, hier spricht Chefinspektor Müllner vom Landeskriminalamt Linz. Verzeihen Sie, aber da Sie sich ebenfalls zurzeit in Altmünster aufhalten, wäre es Ihnen vielleicht möglich, zu uns zu kommen?«

KAPITEL 12 – SAMSTAG, NACHMITTAG

Viehaus bei Gampern

Luca sah dem Wagen nach, der mit seinen Kumpanen auf der schmalen Straße zwischen den Bauernhöfen verschwand. Keiner von denen bedeutete ihm wirklich viel, keiner war ein wahrer Freund. So einen hatte er nicht. Sie waren Mitstreiter für dieselbe Sache. Er konnte mit ihnen saufen, blöde Sprüche klopfen oder sich im Drogenrausch gemeinsam einen runterholen, kräftemäßig Unterlegene traktieren sowie sexuell belästigen. Egal ob Junge oder Mädchen. Die Wut musste raus aus ihnen. Nach außen, nach vorn. Er wollte immer zu den Siegern gehören. Das war ihm als Schulkind bereits klar geworden, in der Wohnhaussiedlung in Asten bei Linz, wo viele im gleichen Alter auf dem Schulweg ums Überleben kämpfen lernten. Ein Zitat von Adolf Hitler, das er inzwischen zu seinem Motto gemacht hatte, hätte schon damals zu ihm gepasst. »Niemand fragt den Gewinner, ob er recht hat.«

Er drehte sich um und schloss die beiden riesigen Flügel des Tores, das in den Innenhof eines für Oberösterreich typischen Vierkanter-Bauernhofes führte. Das kleine Dorf Viehaus gehörte zum Gemeindegebiet Gampern, ein paar Kilometer vom Attersee entfernt. Verwinkelte Straßen zwischen alten Bauernhöfen, von denen manche renoviert waren, andere kurz vor dem Verfall. Nach außen hin waren rund um den Ortskern in den letzten Jahren mehrere Neubauten entstanden, was den ländlichen Charakter inzwischen fast zunichtegemacht hatte.

Da das Gebäude von allen vier Seiten von Mauern umgeben war, konnte niemand beobachten, was die jungen Verbündeten aus den beiden Wagen ausluden und im leerstehenden ehemaligen Kuhstall ablegten. Taschen voller Waffen. Gewehre, Pistolen, Messer, Stilette und Bajonette. Leere sowie scharfe Handgranaten, Attrappen von Dynamitstangen und echten Sprengstoff, Nazipropagandamaterial wie Plakate und Prospekte, Wimpel, Fahnen und vieles mehr.

Er war nicht begeistert davon, das alles hierherholen zu müssen. Das Haus in Attersee war hinsichtlich der organisatorischen Abläufe optimal geeignet, vor allem für die Abwicklung und den Versand der bestellten Produkte des »völkischen Lehrers«.

Luca hatte im Vorjahr bei einem Aufmarsch und einer Kundgebung in der Umgebung von Berlin diesen »Lehrer« kennengelernt. Ein Mann, der den Mut hatte, ganz Deutschland die Wahrheit an den Kopf zu werfen. Der, auf Oberösterreichisch gesagt, wusste, wo der Bartl den Most holt. Dafür war er mehrmals bestraft und kurzfristig arretiert worden.

Ihn, Luca, hatte man bisher nie beachtet, geschweige denn verhaftet. Bei diesem Treffen im »deutschen Reich« zog er den großen Coup an Land und übernahm exklusiv den österreichischen Versand der Produkte des »völkischen Lehrers«. Dies und die Einkünfte für ein paar Drogenkurierdienste bescherten ihm mehr als genügend Einkommen, um über die Runden zu kommen.

Selbst die Miete in Attersee war locker damit zu finanzieren. Die Kooperation mit dem inzwischen verstorbenen Martin Selchgruber, einem entfernten Verwandten, war ideal gewesen. Luca hatte ihm 100 Euro monatlich für ein Zimmer im ersten Stock und den Dachboden gezahlt. Selchgruber war ebenfalls ein Mitstreiter für seine Sache gewesen und hatte eine beachtliche Sammlung an Nazidevotionalien und Waffen aus dem Zweiten Weltkrieg besessen.

»Das gehört alles dir, wenn ich abtrete. Das Haus ebenso.« Hatte er Luca versprochen, da er keine Nachkommen habe und er sein nächster Verwandter sei, abgesehen von Lucas Mutter.

Und jetzt, wo er wirklich abgetreten war, kam diese Schlampe mit ihrem halbdeutschen beziehungsweise halbwienerischen Slang daher und war plötzlich die Tochter von Martin, die alles erbte. Wie von Zauberhand oder besser ausgedrückt: wie von Zauberschwanz.

Was war mit ihm? Galt der letzte Wille von Verstorbenen nichts mehr? Für das verbale Versprechen hatte er keine Zeugen und er war ein zu kleines Würstchen, um zu insistieren. Die feine Dame hatte sicher genug Kohle, um sich Anwälte und Berater zu leisten.

Zumindest hatte er sich heute geholt, was ihm zustand. Und der grobe Konrad hatte ihr zur Abschreckung ordentlich in die Muschi gegriffen. Er mochte ihn zwar nicht, aber der Grobian scheute vor nichts zurück und war in manchen Angelegenheiten brauchbar.

Die Angst der jungen Frau hatte ihn so erregt, dass er sich am liebsten gleich erleichtert hätte. Vor ihren Augen. Gewalt turnte ihn an, nicht das blöde Weibsstück. Doch dafür war er zu klug. Spermaspuren ließen sich nachverfolgen. Nein, dumm war er nicht.

Er hob zum Abschluss einen Seesack mit Kriegsrelikten und Waffen aus seinem Wagen, die im hintersten Zimmer in Attersee versperrt gewesen waren, schloss die hintere Tür des Opel Corsa, Baujahr 2010, den er überschrieben bekommen hatte zum Dank für die Betreuung des Gebäudes.

Den Bauernhof hier in Viehaus durfte Luca allein bewohnen, da sein Großvater mütterlicherseits im Pflegeheim war und dieses nicht mehr lebend verlassen würde. Ja, auch den Vierkanter würde er nach dem Ableben des Großvaters und seiner Mutter sein Eigen nennen dürfen.

Ärgerlich, dass er die Sammlung nun neu ordnen musste. Alles war katalogisiert, leider nur auf Papier und mithilfe des Buches »Waffentechnischer Leitfaden für die Ordnungspolizei« aus dem Jahr 1941, das Martin wie einen Katalog benutzt hatte. Er hatte sich ein Zitat, das dem Buch vorangestellt war, herauskopiert, eingerahmt und an die Wand montiert:

»Dienst mit der Waffe ist zugleich Dienst an der Waffe. Vergiß das nie! Waffendienst ist für den Deutschen seit jeher Ehrendienst, der den ganzen Mann fordert und verpflichtet. Sei Dir stets dessen bewußt!«

Als ganzer Mann fühlte sich Luca mit seinen 23 Jahren. Für die Sache einstehen und kämpfen. Deutschland den Deutschen und Österreich den Österreichern. Das war für ihn Ehrendienst. Demokratie hin, Demokratie her, es brauchte jemanden, der deutlich vorgab, in welche Richtung es gehen musste. Nur dadurch war das deutsche Volk zu retten. Ehrendienst bedeutete für Luca, sich für diese Sache ganz und gar einzusetzen.

»Die Zeit ist hart, braucht harte Menschen und harte Gesetze!«

Ein Zitat, das er einmal auf einem Schriftstück in einem Sammelordner von Martin gelesen hatte und dem er, Luca, der Leuchtende, nichts hinzuzufügen brauchte.

Während sein stolzer Blick über das ausgebreitete Nazi-Sammelsurium glitt, kam ihm in den Sinn, dass er die »völkischen« Produkte heute holen sollte. Er hätte beinahe vergessen, dass er am frühen Morgen eine Kokainfuhre zu machen hatte. Und zwar mit dem Boot. Der serbische Kellner eines kleinen Gasthofes zwischen Nussdorf und Unterach, der ebenfalls dealte, ließ ihn mit dem Elektro-Partyboot des Hauses ausfahren. Alle paar Wochen fuhr er vor 7 Uhr früh damit los und stellte die Ware zu. An private Boots- oder Grundstücksbesitzer. Er verkaufte Kokain und anderes Zeug in vorbereiteten Kleinpackungen, die über Nacht in einer abschließbaren Holzkiste im Kofferraum seines Wagens deponiert wurden. Er kannte keine weiteren Drahtzieher des Drogenhandels, nur den Kellner und ein paar Abnehmer.

Nach einem ausgeklügelten Plan positionierte er das Frachtgut an den vereinbarten Stellen, Bootshäuser, Gartenboxen und Ähnliches. Das dort hinterlegte Geld nahm er mit aufs Boot. Bei der Rückkehr rechnete er sofort ab, steckte seinen Lohn ein und gab die Kohle in eine Tasche, die er wieder in der Kiste im Kofferraum seines Wagens verstaute. War der Kellner nicht persönlich da, versteckte Luca die Prämie für ihn unter einem vereinbarten Blumentopf. Seit letztem Jahr funktionierte das tadellos.

Die Bestellungen und Informationen, wann und wie zugestellt wurde, kommunizierte man über Telegram, einem kostenlosen Instant-Messaging-Dienst zur Nutzung auf Smartphones, Tablets und anderen EDV-Geräten. Im Gegensatz zu Whatsapp waren auf dieser Plattform keine Nachverfolgungen möglich, was natürlich mehrere Gesetzesbrecher zu ihrem Vorteil nutzten.

Seit Luca Telegram kannte, tätigte er auch seine anderen Geschäfte, die nur zum Teil legal waren, über diesen Dienst. Er bezeichnete es selbst als sein persönliches Firmenportal.

Er betrachtete die vielen Sachen in dem alten Kuhstall und überlegte, ob er nicht doch hier seinen seit Langem geplanten deutschnationalen »Reichs-Gedenkraum« einrichten sollte. Niemand kam unerlaubt auf den Hof. Die alte Holztür mit der aufgenagelten Plakette eines gewonnenen Viehpreises könnte er gegen eine aus Metall auswechseln. Mit einem Nummernschloss. Die schmalen Fenster würde er innen weiß anstreichen, und kein Mensch könnte von außen erahnen, was sich in dem alten Stall befand.

KAPITEL 13

Brief von Franz S.

Im Osten, 20. Sept. 1942

Liebste Mutter!

Heute erfahre ich, dass du mir gar nichts schicken kannst, wenn ich dir nicht vorher ein Markerl dafür einsende. Nachdem ich erst mitte Monat hier eingetroffen bin und es nur einmal im Monat Marken gibt, die schon angefordert und ausgeteilt waren, sende ich Dir in der Beilage eine Flugpostmarke, um möglichst rasch wenigstens in den Besitz eines Briefes zu gelangen.

Ich hoffe, dass du inzwischen meinen ersten Brief von hier erhalten hast und somit einigermassen über mich informiert bist.

Ich habe mich bereits etwas eingelebt und bin auch bisher von der russischen Kathi (Dünnpfiff) verschont geblieben. Dich selbst hoffe ich bei bester Gesundheit und freue mich schon sehr auf den nächsten Brief von dir.

Meine Aufgaben hier sind hauptsächlich polizeilicher Art und so musste ich gleich am ersten Tag meines Hierseins eine Exekution von 8 zum Tode verurteilten Bolschewistenführern und Partisanen leiten. Es ist unglaublich, mit welcher Sturheit diese Menschen sterben. Keinem konnte man eine Aufregung ansehen und einer legte sogar vorher seinen Mantel und seinen Tabakbeutel ab. Mich berührte die ganze Angelegenheit eigentlich viel weniger, als ich ursprünglich angenommen, da ich diese Burschen als keine Menschen in unserem Sinne ansehen konnte. – Liebste Mutter! Schreibe mir gleich und sei inzwischen herzlichst umarmt und geküsst von deinem dankschuldigen Sohn Franz!

Heil Hitler!

Mehrmals hatte Natascha den Brief gelesen und versucht, den Inhalt mit ihrem Geschichtswissen abzugleichen. Zu begreifen, was sie da vor sich in den Händen hielt. Sie musste sich beherrschen, um nicht loszuheulen. Wie konnte ein Mensch so kalt sein? So nüchtern beschreiben, wie er zum ersten Mal mordet? Kann man als Monster geboren werden?

1942 – Da war der Zweite Weltkrieg noch im Gange. Ostfront, Kommissarbefehl.

Sie hatte vieles darüber gelesen, doch so Schonungsloses aus der Sicht eines Betroffenen noch nie.

Unter einem dicken Packen von Briefen, fast alle in einer für sie unleserlichen Schrift geschrieben, hatte sie zwei herausgezogen, die mit einer Schreibmaschine getippt waren. Mit vielen Fehlern und überschriebenen X korrigiert. Im ersten Brief gab es Stellen, die später mit rotem Farbstift ausgebessert worden waren.

Auf dem Drehstuhl sitzend, legte sie mit zitternden Händen den einen Brief ab und den zweiten vor sich auf die Arbeitsfläche. Die Ellbogen aufgestellt und das Kinn auf beide Handflächen abgestützt, las sie das nächste Schriftstück, das um vieles länger ausfiel und sie erneut in eine vergangene Zeit führte.

*

Im Osten, 11.3.43

Liebste Mutter!

Habe heute Deine Briefe vom 18. u. 25.2. und Karten vom 9. u. 16.2.43 mit grosser Freude erhalten. Und daraus ersehen, dass Du inzwischen 6 Päckchen von mir erhalten hast. Päckchen aus der Heimat langen derzeit sehr selten an und werden deine angekündigten wieder alle auf einmal einlangen. Im Übrigen leiden wir bestimmt keine Not, im Gegenteil, die Verpflegung ist sehr gut und auch sonst geht es mir nicht schlecht. Ausser den angeführten Päckchen habe ich Dir mindesten 3 1kg-Päckchen mit Butter geschickt, hast Du diese nicht erhalten?

Wie ich dir schon geschrieben haben dürfte, sind wir von unserem alten Aufenthaltsort etwas weiter ostwärts gerückt. Waren wir früher in einem reinen Kohlengebiet, so ist hier in der Hauptsache Landwirtschaft. Wir befinden uns derzeit ca. 80 km nordöstlich Mariopol in einer kleinen ca. 5.000 Menschen zählenden Stadt. Die Aufgaben sind dieselben wie die am alten Einsatzort.

Der Hauptprozentsatz der hiesigen Bevölkerung besteht aus Griechen, die vor ungefähr 170 Jahren hier eingewandert sind. Sie sprechen jedoch nicht das Griechisch ihrer Heimat und auch nicht die antike griechische Sprache, sondern ein Gemisch von Griechisch und Tartarisch, da sie vorher in dieser Gegend waren. Es ist ein sehr schöner, das heisst teilweise schöner Menschenschlag und man kennt die Griechen sofort von den Ukrainern und Russen.

Der Schnee ist hier nunmehr fast zur Gänze weg und es herrscht morgens und abends Frost und während der Mittagszeit Tauwetter. In dieser Zeit ist ein Befahren sämtlicher Straßen, die nicht gepflastert sind, und solche gibt es hier nicht, mit Kraftfahrzeugen unmöglich. Eine Menge Pferde gibt es hier, gute allerdings selten, da diese von den vielen durchziehenden Truppen oder vorher schon von den Russen weggeholt worden waren. Ich bin jedoch schon einige Male geritten und werde dies in Zukunft, wenn wir länger hier bleiben sollten, noch tun. Denn Reiten und mit Pferdegespannen Fahren, das sind, wie ich vorhin schon erwähnt habe, zeitweise die einzigen Verkehrsmöglichkeiten.

Die Leute sind hier verhältnismässig arm, vor allem was Wohnkultur und Kleidung anlangt. An meinem früheren Einsatzort war dies umgekehrt. Dort war die Wohnkultur besser, dafür die Lebensmittellage äusserst schlecht. Kunststück in einem Kohlen und Industriegebiet. Die Leute dort fuhren meist weiter südlich um sich gegen Kleider Lebensmittel einzutauschen. Und so erfuhr ich, dass viele auch an unseren jetzigen Aufenthaltsort fuhren.

Die Häuser sind, wie ich fast überall, ausser in grossen Industriestädten, getroffen habe, fast durchwegs einstöckig und bestehen meist aus zwei bis 3 Räumen. Im ersten befindet sich ein grosser Ofen und etwas weiter hinten eine Steinpritsche mit läuferartigen Gebilden, auf welchen die ganze Familie schläft. Oft ist auch in dem zweiten u. dritten Raum eine solche Pritsche, die im Winter aber wegen der Kälte nur im Notfall verwendet werden. Betten gibt es sehr wenig.

Gott sei Dank hat sich die Lage an der Front wieder gebessert und ist ein vorläufiger Stillstand der Front eingetreten. An manchen Stellen sogar wieder ein Vordringen. Mit Ende der Schlammperiode wird bestimmt wieder eine Offensive steigen und muss die Heimat alles tun, um diese zu unterstützen. Deinen Briefen konnte ich entnehmen, dass bereits einschneidende Massnahmen, die der Führer angekündigt hat Platz gegriffen haben und noch kommen werden. Jeder Deutsche muss sich bewusst sein, dass dies ein grosses Gebot der Stunde ist und er sich ausserhalb der Reihen stellt, wenn er dies nicht einsehen will um kleinlichen eigenen Vorteils willen. Heute zählt gar nichts mehr als unser aller Wohl d. ist das Sein Deutschlands und nur dadurch sind die eigenen Belange der Einzelnen gewahrt. Liebste Mutter, ich bitte Dich in diesem Sinne zu wirken und jedem Kleingläubigen gleich richtig Bescheid zu sagen. Wer sich ausserhalb unserer Reihen stellt, ist ein Verräter am Volk und gehört weg. Die Zeit ist hart, braucht harte Menschen und harte Gesetze. Nur so können wir siegen. Da können wir vom Russen lernen.

Im Übrigen hoffe ich Dich bei bester Gesundheit und bin in Gedanken täglich bei Dir. Oft denke ich, was Du wohl um diese oder jene Zeit machst. Gott möge dich uns noch recht lange bei guter Gesundheit erhalten. Schreibe recht oft und bald. Besonders Neuigkeiten aus Wels interessieren mich sehr.

Liebste Mutter, nochmals alles Allerbeste und vor allem beste Gesundheit wünscht Dir nebst den besten Grüßen und Küssen Dein ewig dankschuldiger Sohn Franz.

Heil Hitler!

Anbei zwei Luftpostmarken.

*

Sie drehte das bräunliche Papier um, das auf zwei Seiten dicht beschrieben und ebenso oftmals händisch korrigiert war. Dass es sich bei beiden Briefen um denselben Verfasser handelte, war ihr klar. Sie war versucht, auch die anderen zu lesen, doch sie scheiterte an der unleserlichen Schrift.

Wer war der Absender? Der hingebungsvolle Sohn und zugleich kaltblütige Mörder? Ihr unbekannter Großvater? Sie musste die Jahre zurückrechnen und kam zu dem Ergebnis, dass dies möglich war, auch wenn dieser erst spät zu Vaterehren gekommen wäre.

Nur konnte sie niemanden danach fragen. Weder ihren verstorbenen Vater, der, nach dem Inhalt des Dachbodens zu schließen, ebenso ein Nazi gewesen war, noch jemanden sonst, da sie angeblich die einzige Nachkommin dieser Linie war.

Na großartig, erst erfuhr sie, dass sie einen anderen leiblichen Vater hatte, den sie sich wahrlich nicht gewünscht hatte. Dann erbte sie auch noch sein Haus, das sie nicht benötigte und das sich schlussendlich als Neonazi-Domizil herauskristallisierte.

Sie sehnte sich nach einer Zeitmaschine, die sie um zweieinhalb Jahre zurückbrachte, um sich neu zu entscheiden, gleich in Salzburg zu studieren und zu wohnen und nicht am Attersee zu bleiben und heimlich eine Lehre als Kosmetikerin und Fußpflegerin zu absolvieren. Dann wäre sie sicher ihrem schlimmsten Jahr entkommen. Nicht einmal die Scheidung ihrer vermeintlichen Eltern hatte sie als 14-Jährige psychisch so gefordert und hergenommen wie das Erlebte seit letztem Herbst.

Die Lehre hatte sie danach hingeschmissen und wieder zu studieren begonnen. Obwohl sie diesen Job gerne ausgeführt hatte. Doch ständig bei der Arbeit als Fußpflegerin die Narben des Kabelbinders an ihrem rechten Handgelenk zu sehen, dem wollte sie sich nicht aussetzen. Dazu kam das Gerede, das Tuscheln der weiblichen Kundschaft: »Ist das die, die entführt worden ist? Was der wohl mit ihr gemacht hat? Stimmt das, was man sagt, dass …«

Diese Neugierde und den teilweise versteckten Voyeurismus wollte sie nicht nähren. Das alles war ihr vorher fremd gewesen, schien einer anderen Welt zugehörig zu sein. Und jetzt war sie wieder mittendrin.

Was hatte das Leben noch mit ihr vor?

Sie überflog wiederholt den Brief und blieb bei dem Ortsnamen Mariopol hängen. Wo war das? Google auf ihrem Smartphone gab ihr nach ein paar Sekunden die Antwort:

»Mariupol ist eine Stadt in der Oblast Donezk in der Ukraine mit rund 440.000 Einwohnern. Die Stadt war historisch eines der wichtigsten Zentren der Griechen in der Ukraine, die bis heute wichtige Minderheiten der Stadt sind.«

Ukraine? War dort nicht jetzt auch wieder Krieg? Warum wurde sie mit Zeiten und Orten konfrontiert, die ihr fremd und unbekannt waren? Die ihr über das normale Gemeinwissen hinaus nichts bedeuteten?

Sie ließ den Blick durch den Raum schweifen. Blieb an den Babykleidungsstücken und T-Shirts mit den fürchterlichen Aufschriften hängen, die sie nicht wieder eingeräumt hatte. War das überhaupt ein Fall für die Polizei? Sollte sie das Haus verlassen, bis diese schrecklichen Typen das restliche Zeug geholt hätten?

Hoffentlich konnte Vera bald kommen. Vera, die Tante des Polizisten, der sie voriges Jahr gefunden hatte. Vera, deren jüngste Geschichte mit ihrer eigenen stark verknüpft war. Vera, ihre neue alte Freundin.

KAPITEL 14 – SAMSTAG, SPÄTER NACHMITTAG

Zwischen Vöcklabruck und Weyregg

Werner saß mit Helena in seinem Wagen auf dem Weg nach Weyregg. Er hatte alles ausgeführt, worum sie ihn gebeten hatte, Alexandros war versorgt und schlief im Krankenzimmerbett. Seine Mutter würde am nächsten Morgen wieder ins Krankenhaus fahren. Da Wochenende war, wurde sie aus Sicherheitsgründen gebeten, ihren Sohn nun doch bis Montag auf der Kinderstation zu lassen. Der Junge war ziemlich benommen und ließ alles mit sich geschehen. Ein bestimmter Kinderarzt, dessen Namen sie sich nicht gemerkt hatten, sollte ihn am Wochenbeginn nochmals untersuchen.

Der Polizist sah seiner Lebensgefährtin die Erleichterung an, die ihr ins Gesicht geschrieben stand. Als sie an einer roten Ampel warteten, berührte sie zart mit ihren Fingern seine Hand, die auf dem Schaltknüppel ruhte.

»Efcharistó, agápi mou!«

Danke, mein Liebling. Sie hob seine Hand und hauchte einen Kuss auf den behaarten Handrücken. Er drehte sich zu ihr, streichelte ihre Wange, beugte sich über die Mittelkonsole und küsste sie.

Ein mehrmaliges ungeduldiges Hupen hinter ihnen zwang sie, sich voneinander zu lösen. Die Ampel war grün. In einem alten VW-Käfer auf der Verkehrsspur nebenan saß eine Frau, die noch mehr Jahre auf dem Buckel hatte als ihr Gefährt. Sie hielt lächelnd den erhobenen Daumen zum Seitenfenster und trat das Gaspedal durch, und Werner musste an Herbie denken, das Auto aus dem Film »Ein toller Käfer« aus der Walt-Disney-Werkstatt Ende der 1960er. Sogar ein Knallen aus dem Auspuff war zu vernehmen. Sie verschwand rechts Richtung Timelkam.

Die beiden Turtelnden lachten und winkten ihr nach, weshalb sie selbst immer noch an der Kreuzung standen. Der Wagen hinter ihnen scherte aus, brauste vorbei und der Fahrer streckte den Mittelfinger in die Höhe. Zwei verschiedene Menschen, zwei hochgestreckte Finger und zwei unterschiedliche Botschaften.

Die paar Meter zum kommenden Kreisverkehr vor Pichlwang hing jeder seinen Gedanken nach. Helena kämpfte damit, ob sie die Gelegenheit nützen sollte, ihr Geheimnis auszubreiten. Werner wiederum überlegte, Helena in die Ermittlungen der Polizei einzuweihen, da sie ebenfalls als Privatperson Zeugin des Leichenfundes geworden war. Auch wenn es für Polizisten bei Gefahr von Leib und Leben kein Privatleben gab.

»Werner, ich muss dir etwas erzählen«, begann Helena, strich sich eine Strähne ihres roten Haares aus dem Gesicht und blickte ihn kurz an.

»Ja, ich dir auch. Dass ich es nicht vergesse. Ich muss morgen früh für die Giftler, äh … ich meine für die Kollegen von der Drogenfahndung, eine Fahrt mit dem Boot machen. Ich würde vorschlagen, du fährst alleine rauf zu Tante Vera und ich komme nach. Wir können dann gemeinsam zu Alexandros ins Krankenhaus fahren.«

Helena schien etwas genervt zu sein. »Nein, Werner. Nicht schon wieder. Kannst du keinen Termin halten, den du ausmachst?«

Er starrte bemüht in Fahrtrichtung, um nicht antworten zu müssen.

»Gut. Ich werde mit deiner Tante frühstücken. Kann ich endlich mit dir reden und du hörst nur zu und unterbrichst mich nicht?« Sie hatte es mehr als Forderung denn als Frage ausgesprochen.

»Hmm.« Er ignorierte nach wie vor ihren Blick, gab vor, sich auf den Verkehr zu konzentrieren. Weiter vorn bildete sich offensichtlich ein Stau. Er vermeinte, Blaulicht zu sehen.

»Ich bin nicht wegen der Arbeit hier am Attersee, auch nicht wegen …«

Werner legte die rechte Hand kurz an ihren Oberschenkel. »Gleich, mein Schatz. Erzähl es mir später. Da ist irgendwas passiert.« Er stellte das Auto ab. Es hatte ihn nicht getäuscht. Der Verkehr war angehalten worden. Ein Polizeiwagen mit eingeschaltetem Blaulicht versperrte die Straße, an der zu beiden Seiten verschiedene Geschäfte und Firmen angesiedelt waren.

»Warte hier, ich frag kurz, ob ich helfen kann.«

Helena glaubte zu träumen. Endlich war sie dabei, sich ihm zu offenbaren, und er kehrte seine Dienstbeflissenheit hervor.

»Werner? Das …«

Die Tür fiel zu und sie saß allein in dem weißen Ford, umgeben von anderen Fahrzeugen mit ihren Lenkern, die alle anhalten mussten, ohne zu wissen, warum.

»Gehen Sie bitte wieder zurück. Es wird noch etwas dauern. Bitte verhalten Sie sich ruhig und bleiben Sie in Ihrem Wagen. Es verstecken sich hier vermutlich Verbrecher. Wir wissen nicht, wie viele und ob sie bewaffnet sind. In Ihrem Fahrzeug sind Sie sicherer.«

Eine bescheidene Menschenmenge hatte sich vor der Absperrung versammelt, an der ein Polizeibeamter aus Timelkam stand. Werner kannte ihn nur vom Sehen. Er dürfte erst seit Kurzem in diesem Bezirk den Dienst versehen. Er zückte seinen Polizeiausweis und hielt ihn ihm entgegen.

»Könnt ihr Hilfe gebrauchen, Kollege?«

Der Mann blickte auf den scheckkartengroßen Ausweis und bedeutete ihm, kurz zu warten. Nachdem sich die anderen Fahrer zu ihren Fahrzeugen zurückbegeben hatten, sprach er ihn direkt an: »Nein danke. Anscheinend ein Raubüberfall in der Tankstelle. Die Cobra müsste gleich da sein. Wir sperren von beiden Seiten den Bereich ab und sichern den Tatort. Der oder die Täter müssen sich noch hier in der Tankstelle beziehungsweise auf dem Gelände befinden. Trotzdem danke.«

Werner hatte von seinem Standort aus keine freie Sicht auf die Zapfsäulen. Er machte kehrt. Kurz bevor er seinen Wagen erreicht hatte, bemerkte er plötzlich aus dem rechten Augenwinkel eine Bewegung. Eine Gestalt rannte gebückt an den Nachbargebäuden der Tankstelle vorbei.

Werner pfiff dem Beamten an der Absperrung zu, deutete in die Richtung des Läufers und stürmte selbst gleich los. Ein automatisierter Griff zu seiner Waffe ernüchterte ihn. Er erinnerte sich, dass er in Zivil war und die Glock versperrt im Waffenschrank auf dem Posten in Schörfling lag.

Helena, die im Auto wartete, sah ihn zwischen den Häusern verschwinden. War er jetzt total übergeschnappt? Was war da los? Sie öffnete die Tür, stieg aus und blickte nach vorn. Ein Polizist sprach in sein Funkgerät, lief vor und zurück, als wüsste er nicht, was er machen sollte. Hinter ihr war in aufdringlicher Lautstärke eine Sirene zu hören. Weitere Einsatzfahrzeuge versuchten, die verstopfte Straße entlangzufahren. Rettungsgasse war keine gebildet worden, da man sich nicht auf der Autobahn befand. Die Griechin überlegte kurz, ob sie den Ford an den Rand des Kreisverkehrs stellen sollte.

»Re ton Vlaka, pou me áfise na periméno edó san to cháso! Werner!«

Natürlich konnte er ihre Stimme nicht mehr hören, und die Unflätigkeit hätte er wahrscheinlich auch nicht verstanden. Er sah vor sich jemanden laufen. Der Figur nach zu schließen, dürfte es sich um einen Mann handeln. Der Kopf war von einer Kapuze verdeckt. Ein kleiner Rucksack baumelte auf seinem Rücken. Kurz drehte sich der Flüchtende zu ihm um und verschwand im Gebüsch hinter den Firmengebäuden. Ohne zu hinterfragen, was sich dahinter verbarg, eilte Werner hinterher. Dichtes Geäst empfing ihn, und bevor ihm klar wurde, was ihn dort erwartete, ging es nach unten. Die Bäume waren zu weit weg, um sich daran festzuhalten. Werner purzelte durch Gestrüpp und Wildwuchs, landete zum Glück unverletzt, nur mit ein paar Schrammen an Händen und Stirn, in kaltem Gewässer. Er fand sich auf allen vieren und mit dem Gesicht im seichten Wasser der Ager wieder, die hier seit ungezählten Jahren ihren Weg vom Attersee bis zur Traun zog. Nachdem er den Kopf aus dem kalten Fluss gezogen hatte, entfuhr ihm ein »Geh Scheiße«.

Um sich zu erheben, musste er sich etwas drehen, was den Rest seiner Hose durchnässte.

Er hörte nicht weit von sich die Worte »Arschloch, blödes«. Der junge Mann, es handelte sich um den Verdächtigen, lief mit umständlichen Schritten durch die Ager. Der Fluss hatte einen niedrigeren Stand, erst einige Windungen weiter wurde er von der Vöckla gespeist. Triefend nass blickte Werner zu dem fremden Mann im Wasser. Da von ihm vermutlich keine Gefahr drohte, schmetterte er ihm zornig ein »Trottel« über den Fluss hinterher, bevor der Mann im Dickicht des gegenüberliegenden Ufers verschwand.

Werner war die Lust an der Verfolgung vergangen. Hinter ihm brachen Spezialisten der Cobra durch das grüne Hindernis und spurteten Wasser aufspritzend weiter, nachdem er in die Fluchtrichtung des Verdächtigen gedeutet und ihnen zugerufen hatte, dass er selbst Polizist sei.

»Kommen Sie und halten Sie sich bitte noch zu unserer Verfügung.« Ein weiterer Mann der Spezialeinheit half ihm zurück aufs Firmengelände. Was durch den Abhang nur kriechend gelang.

Verschmutzt und tropfnass kletterte er über die Leitplanke, richtete sich auf und sah auf dem Feld am anderen Flussufer den Räuber laufen. Die Verfolger wurden per Funk von einem Beobachter über die Fluchtrichtung informiert. Ein Hubschrauber war zu hören, und Werner war augenblicklich bewusst, dass mit Sicherheit jemand wirklich sauer auf ihn sein würde.

KAPITEL 15 – SAMSTAG, SPÄTER NACHMITTAG

Attersee am Attersee

Natascha klappte den Deckel des Feuerzeuges nach hinten, auf dessen Seiten eines der berühmtesten Bildnisse von Kaiserin Elisabeth prangte. Dieser Teil des Staatsporträts von Franz Xaver Winterhalter aus dem Jahre 1865 war seit ihren Kindertagen der Auslöser für ihre Verehrung von Sissi, der einstigen Kaiserin von Österreich. Damals hatte es als eine Schwärmerei für Prinzessinnen in ihrer kindlichen Rosaphase begonnen, doch inzwischen hatte es sich zu einem echten Interesse an der historischen Person Elisabeths entwickelt.

Das Feuerzeug hatte sie bei einem Besuch im Schloss Schönbrunn vor ein paar Jahren erstanden und sie ließ es in einer Trafik immer wieder mit Benzin nachbefüllen. Sie besaß auch ein Etui für ihre Sonnenbrille mit dem Konterfei der Kaiserin und viele andere Gegenstände mit habsburgischen Motiven. Eine Sissi-Armbanduhr hatte sie leider im letzten Jahr im See verloren.

Natascha zündete sich eine Zigarette an und reichte sie weiter an Vera, die neben ihr auf der schmalen Holzbank an der Rückseite des ererbten Hauses stand. Sie rauchten gemeinsam diese eine Zigarette. Es war die letzte gewesen, die in einem Lederbehälter verloren auf dem Kellerfenstersims gelegen hatte. Wer weiß, wie lange schon und wer ihn hier abgelegt hatte?

»Ich will dieses verdammte Haus nicht. Es ist alles ... irgendwie ... abstoßend hier. Verstehst du mich?« Ein

Schauer lief ihr über den Rücken, als gäbe die Hausmauer hinter ihnen Kälte und negative Energie ab.

»Besser, als du glaubst«, entgegnete Vera, blies den Rauch aus und blickte über das frisch angelegte Gartenbeet hinaus auf den See. Ein begrenzter Streifen Seegrund bot wenig Platz und dürfte in den letzten Jahren kaum gepflegt worden sein.

»Ich würde vorschlagen, wir rufen meinen Neffen Werner an. Du weißt schon, der Polizist, der dich damals gefunden hat. Er wird wissen, wie wir vorgehen sollen. Und du willst den Saukerl echt nicht anzeigen, obwohl er dich befummelt hat?«

»Ich hatte die Augen geschlossen. Kenne ja nicht einmal seinen Namen. Nein, dieses Arschloch will ich sofort vergessen!«

Vera würde sich einen anderen Platz für ihre Hanfpflanzen suchen müssen, wenn die junge Hausherrin ihren neuen Besitz abstieß. Sie sorgte gerne selber für ihren Joint, den sie auf Tage verteilt auf ihrer Terrasse rauchte. Auf dem eigenen Grundstück durfte sie aus Rücksicht auf den Beruf ihres Neffen den Hanf nicht mehr anpflanzen. Seit er es wusste, kontrollierte er oftmals bei seinen Besuchen mit einem vorgetäuschten Luftholen in ihrem Garten, ob sie wieder angebaut hatte. Hier, zwischen den wildverwachsenen Pflanzen hinter dem Haus in Attersee, würde es niemandem auffallen. Ein Miniglaszelt aus Stöckchen und Plastikfolie hatte sie über die Pflänzchen gestellt, zum Schutz gegen die nächtliche Kälte. Nun entdeckte sie, dass einer dieser Neonazis eines davon niedergetreten hatte. Niemand anderes konnte es gewesen sein. Sie reichte ihrer Freundin die Kippe und stand auf, um den Schaden zu begutachten.

»Rauch sie fertig!«

Der Filter war inzwischen dermaßen durchweicht, dass

sich Natascha davor ekelte. Sie drückte die Zigarette auf dem Betonstreifen aus, auf dem die Bank vor langer Zeit ihren Platz gefunden hatte und der das Haus auf allen Seiten umgab. Ihr I-Phone spielte eine Musik, untersetzt mit Schreibmaschinengeräuschen. Sie fand das witzig und hatte es vor wenigen Tagen für unbekannte Anrufer neu eingestellt. Suchend blickte sie sich um und erinnerte sich, wo sie das Telefon abgelegt hatte. Im Hausgang auf der Stiege. Das Display vor Augen trat sie erneut heraus in den kleinen verwachsenen Garten und stolperte beinahe über die einzelne Stufe, die den Niveauunterschied ausglich.

Sie nahm den Anruf an, obwohl sie das bei unbekannten Nummern selten tat. »Weiss?« Als sie sprach, zog sie den Selbstlaut stimmlich in die Höhe, als würde sie mit einer Frage das Gespräch beginnen.

»Hier ist Luca. Du weißt schon. Der, der heute bei dir im Haus war. Leg nicht auf, hör zu, was ich zu sagen habe.«

Natascha war in der Tat kurz davor, die Leitung zu kappen. Sie hatte nicht die Absicht, mit diesem Nazischwein zu sprechen. Widerwillig entschied sie sich dafür, ihm wenigstens ein paar Sätze Zeit zu geben, und drückte die Lautsprechertaste, damit Vera mithören konnte.

»Sprich. Mach es aber kurz. Ich habe keine Lust, deiner Stimme zu lauschen. Und überhaupt, woher hast du meine Nummer?«

Luca lachte blöd, es hörte sich entsetzlich an. »Das kann dir egal sein. Ich möchte dir sagen, dass wir verwandt sind, auch wenn wir uns beide das nicht ausgesucht haben. Der Samenspender, also dein echter Vater, war so etwas wie ein Großneffe meines Großvaters. Ein bisschen kompliziert die ganze Sache. Aber …«

Natascha setzte sich wieder auf die Bank. Sie war wütend auf diesen selbstgefälligen Kerl. »Komm zur Sache oder ich lege auf!« Den Zusatz »du Wichser«, der ihr auf der Zunge lag, hielt sie zurück.

Vera, die neben ihr Platz genommen hatte, berührte ihren Arm und versuchte, sie zu besänftigen. Mit Gestik und Mimik forderte sie die junge Frau auf, den Anrufer sprechen zu lassen.

»Beruhig dich. Ich wollte nur klarstellen, wegen vorhin, dass Verwandte sich nicht gegenseitig bei den Bullen anzeigen. Das ist ein No-Go innerhalb der Familie.«

Was meinte er mit Familie? Sie fühlte sich seiner in keiner Weise zugehörig. Was redete er da für einen Unsinn!

Natascha holte tief Luft, um ihm etwas durch den Lautsprecher durchzudonnern, was für die technische Dezibelwiedergabe des Gerätes eine Überforderung gewesen wäre. Wieder beschwichtigte Vera.

»Oh, der Herr spricht Englisch. Gratuliere! Passt das überhaupt zu deiner Nazi-Scheiße? Ausländisch sprechen? Ähhh.«

Luca ging nicht darauf ein und sprach munter weiter. In einem Ton, der sie zur Weißglut brachte.

»Also, pass auf. Wenn du in ungefähr zwei oder drei Stunden das Haus verlässt, dann kommen wir noch mal und räumen alles aus, was uns gehört. Ich leg dir den Schlüssel hinten auf die Holzbank und du hörst und siehst nie wieder etwas von uns. Selbst die Miete, die wir in den letzten zwei Monaten nicht mehr bezahlen konnten, lege ich dir dazu. Das wären 200 Euro. Ich geb noch einen 50er drauf. Für die Unannehmlichkeiten. Hehe. Ist das ein Deal?«

Vera nahm ihr das Telefon aus der Hand, baute sich damit gefährlich vor ihrer Freundin auf, als würde der Kerl vor ihr sitzen.

»Hören Sie, junger Mann. Ich bin Nataschas Tante und habe alles mit angehört. Das geht so in Ordnung. Sollten

Sie aber nur einmal versuchen, sie wieder anzusprechen, geschweige denn sie zu berühren, dann hetze ich Ihnen die Polizei und den Staatsanwalt an den Hals. Davon haben wir einige in unserer Verwandtschaft. Ist das verständlich genug? Ja, und für die Unannehmlichkeiten, wie Sie es nennen, legen Sie nochmals 250 Euro drauf. Und für mich ein gut gefülltes Päckchen Shit. Sie brauchen nicht zu sparen. Ich weiß, dass Sie welchen haben.«

Sie hoffte, dass ihr Bluff funktionierte. Natascha wollte abwinken, aus dem Handy kam nur ein Gestotter, doch Vera ließ sich nicht abbremsen, sie war in voller Fahrt.

»Sie brauchen nicht mit uns zu verhandeln. Dass das klar ist. Denn wenn nicht, glauben Sie mir, ich finde Sie und zerquetsche eigenhändig Ihre kleinen Eier. Und in Ihrem Fall, da bin ich mir sicher, benötige ich lediglich eine Hand dazu. Haben wir uns?«

Natascha blickte mit weit aufgerissenen Augen und offenem Mund die alte Dame an. Ein ungläubiges Lächeln entwickelte sich daraus.

»Geht in Ordnung! Alte Schachtel!«, war aus dem I-Phone zu hören. Dann wurde die Leitung unterbrochen.

KAPITEL 16 – SAMSTAG, SPÄTER NACHMITTAG

Weyregg am Attersee

Nachdem er in Schörfling seine Waffe, das Diensthandy sowie das Funkgerät geholt und die ärgerlichen Fragen der Kollegen ob seines außergewöhnlichen Aussehens ungenügend beantwortet hatte, konnte Werner endlich in Ruhe durchschnaufen. Er war mit der immer noch verärgerten Helena zu seinem Haus in Weyregg gefahren.

Die Griechin saß unten in der Küche bei seinem Vater Jakob. Zum zweiten Mal an diesem Tag reinigte sich Werner von nicht beabsichtigter Verschmutzung, die erneut große Teile seiner Kleidung und seines Körpers befallen hatte. Von der Feuchtigkeit ganz abgesehen. Wenn das so weiterginge, würde er sich Klamotten auf Vorrat kaufen müssen.

Beide Hände an die Wand gestemmt, ließ er in Schräglage das heiße Wasser von Kopf bis Fuß an sich hinabfließen. Er genoss es in vollen Zügen, wollte nie mehr etwas anderes spüren. Langsam drehte er sich und lehnte die Schultern gegen die hellblauen Fliesen, hoffte, dass alle Last, die ihn bedrückte, durch das reinigende Duschgel, das nach grünem Apfel duftete, und den dampfenden Wasserstrahl weggeschwemmt würde.

Sein Kopf war voller schrecklicher Eindrücke, die den bisherigen Tag betrafen. Zuerst der Fund der Leiche, deren Identität mit seiner Hilfe zum Teil geklärt worden war. Warum Klaus, der Lebensgefährte der Yogalehrerin, begraben im Schlamm am Taferlklaussee gelegen hatte und gerade von ihm und Gerda aufgefunden worden war, war ihm ein Rätsel und musste weiterhin ermittelt werden. Hätte er mit Klaus am Wochenende mehr sprechen sollen? Wäre der Mord womöglich dadurch zu verhindern gewesen? Diese Frage hatte ihm Helena während der Autofahrt hierher ebenfalls nicht beantworten können. Der Mann hatte zumindest nicht den Anschein erweckt, dass er unter Stress stand oder aus irgendeinem Grund ängstlich war. Weshalb war er ermordet, entkleidet und mit Schlamm bedeckt worden? Die abgetrennten Fingerkuppen ließen ihn annehmen, dass der Tote durch eine Daktyloskopie der Kriminaltechnik erfasst war.

Das Gefühl der kalten, toten Haut, das durch den Körperkontakt entstanden war, verfolgte Werner die ganze Zeit. Immer wieder griff er sich an die Nase, als müsste er dort etwas entfernen, das an ihm klebte. Ähnlich verhielt es sich mit seiner Hand, den Fingern, welche die erkalteten Hoden und den Penis des Toten ungewollt betatscht hatten. Als hätte er nervöse Zuckungen, bewegte er wiederholt die Finger hin und her, um das Gefühl loszuwerden, die Haut der Leiche immer noch zu spüren. Lediglich unter der Dusche fühlte er sich von diesen verstörenden Empfindungen befreit.

Dann die Sache mit der Tankstelle. Der geflüchtete Räuber war durch den Einsatz der Cobra schnell gefasst worden. Ein Kollege hatte ihn verständigt, dass der Mann mit einer Pistolenattrappe bewaffnet gewesen war. Er hatte Geld gebraucht, da er die Alimente für sein lediges Kind nicht mehr bezahlen konnte. Er wollte die geraubte Beute, knappe 600 Euro, am Montag bei der Bank einzahlen.

Unter dem Wasserstrahl den Kopf hin und her drehend, lachte Adler kurz auf, ob der Dummheit des Verbrechers.

Was für ein Tag! Die Sache mit Alexandros, der arme Junge. Er würde versuchen, ihn vor dem Schlafengehen anzurufen. Hoffentlich waren die Verletzungen tatsächlich nicht bedrohlich, wie bei der Erstuntersuchung prognostiziert worden war. Helenas Sohn tat ihm unendlich leid, und er hatte einen Verdacht, warum er wie ein Stock umgefallen war. Warum eine seiner Hände unter dem Ministrantenrock gesteckt hatte. Nur wusste er nicht, ob er Helena darüber informieren sollte. Bloß Männer kennen das Gefühl, dass es fast nicht zum Aushalten ist, wenn die Männlichkeit im Rock nicht richtig liegt. Helena hatte ihm erzählt, dass Alexandros in aller Hektik noch hatte pinkeln müssen. Da lag diese Vermutung nahe, und er beschloss, sie als Männersache unter Verschluss zu halten.

Gedanklich zurück in der Gegenwart, ahnte er, was ihn im unteren Stockwerk erwartete. Die bevorstehende Offenlegung der Wahrheit. Er wusste nicht, wie er Jakob die Namensänderung beibringen sollte. Fühlte sich plötzlich wie ein kleiner Junge, der seinem Vater beichten musste, dass er etwas Schlimmes angestellt hatte. Er legte den Kopf in den Nacken, um den Mund mit Wasser zu befüllen und gleichzeitig übergehen zu lassen. Wie ein volles Fass im Garten, das kein Regenwasser mehr aus der Rinne aufnehmen konnte und die neu ankommende Menge abfließen ließ.

Ein Geräusch schreckte ihn auf.

»Kommst du? Oder wartest du, bis du aufquillst?«

Helena stand unvermutet im Badezimmer und zog den Duschvorhang zur Seite.

Peinlich berührt lächelte er und stellte die Dusche ab. Er hatte sie nicht kommen hören.

Sie bemerkte an seinem péos eine Versteifung. Trat näher, ungeachtet des feuchten Untergrundes, umfasste ihn zärtlich mit einer Hand, wodurch er sich ein bisschen mehr aufrichtete. Sie beugte ihre Knie und hauchte einen Kuss auf die nasse Spitze. Mit gespieltem Ernst sagte sie: »Und wenn du schön brav bist, kommst du heute auch noch an die Reihe, mein kleiner Priapos.« Sie ließ ihn los, warf dem ganzen Mann ein Badetuch zu und verließ ihn mit den Worten: »Mach jetzt, wir warten auf dich. Dein Vater hat uns Abendbrot ... äh ... eine Jause auf den Tisch gestellt. Ich habe einen Bärenhunger!«

Helena überraschte ihn immer wieder aufs Neue. Zumindest war ihr Ärger zum größten Teil verflogen. Das Wort Abendbrot hatte er ihr verboten, da das in Österreich niemand sagte und es aus ihr eine typische »Pifkineserin« machte, was sie ja nicht war.

Mit frischer Unterwäsche, dieses Mal nur blau-weiß gestreifte Boxershorts ohne Motivaufdruck, frischer Jeans und frischem Hemd, helle dünne Stäbe auf dunkelblauem Stoff, erschien Werner in der gemeinsamen Küche. Jakob hatte drei Gläser und eine Flasche Wein auf den Tisch gestellt. Ein Rosé vom Bernagut im Mühlviertel, den mit dem Hühnerfußabdruck auf dem Etikett. Eine Sonderabfüllung aus Mörbisch. Zwei junge Männer, einer davon vom Attersee, hatten sich damit vor Kurzem selbstständig gemacht. Jakob konnte sich an ihn als Kind erinnern, das sich damals schon für Hühner interessiert hatte. Um ihn zu unterstützen, hatte er ihm mehrere Flaschen Wein abgekauft. Da er wusste, dass Werner am liebsten Rosé trank, wenn er sich den Wein aussuchen konnte, kam ihm dieser rosafarbene Blaufränkische natürlich gelegen.

Eine kleine bescheidene Jausenplatte wartete schön drapiert auf den Verzehr. Zum ersten Mal seit Tagen war der Tisch endlich wieder einmal von Jakobs Forschungsarbeit freigeräumt. Die Bücher und Zeitschriften waren auf der länglichen Holzbank hinter dem Küchentisch gestapelt, wo sonst auch immer alles Mögliche lag.

Werner sah verwirrt die beiden Wartenden an.

»Gibt es was zu feiern?«, fragte er mehr Helena als seinen Vater.

Jakob antwortete: »Ja, ich denke schon. Helena hat angedeutet, dass du mir etwas Wichtiges mitteilen willst.«

Unsicher, was sie bereits alles verraten hatte, räusperte er sich. Nach einem kurzen vorwurfsvollen Blick zur Freundin wandte er sich alsdann mit krächzender Stimme an seinen Erzeuger: »Also, Papa. Es ist so. Ich habe … ich meine … du weißt doch, wie sehr ich als Polizist unter …«

Der Vater sprach den Satz fertig: »Wie sehr du unter deinem Namen Zufall leidest! Das ist mir klar, und ich weiß auch, dass du Adler, den Familiennamen meiner Großmutter mütterlicherseits, angenommen hast. Das freut mich wirklich außerordentlich. Und auf das stoßen wir an.« Er hob die Weinflasche aus dem durchsichtigen Flaschenkühler und schenkte die Gläser ein. Bevor Werner fähig war, irgendetwas zu sagen, drückte Jakob ihm das Glas in die Hand und Helena küsste ihn auf die Wange.

»Prost, mein Inspektor!«

»Prost, Herr Adler. Auf dich und meine Großmutter.«

Er wusste nicht, wie ihm geschah, blickte zwischen den beiden lächelnden Gesichtern hin und her. Stieß mit seinem Glas an und trank einen Schluck.

»Wieso weißt du davon, Papa? Wieso hast du nicht vorher was gesagt? Und warum bist du mir nicht böse? Ich dachte, die Namensänderung würde dich kränken.«

Jakob leerte sein Glas und schenkte sich sofort nach.

»Mein lieber Sohn. Drei Fragen, die unnötig wären, wenn du nicht immer nur denken, sondern auch was aussprechen würdest. Du darfst deinen Vater gerne mal um Rat bitten. Ich beiße nicht und kann mehr nachvollziehen und verstehen, als du annimmst. Ich bin zwar alt, aber nicht altmodisch.«

Helena gluckste belustigt und Jakob setzte sich an den Tisch, die beiden mit einer Geste auffordernd, es ihm gleichzutun. Während er einen frischen Laib Brot vom Bauernmarkt aufschnitt, sprach er weiter: »Werner! Meinst du, ich war mit unserem Familiennamen glücklich? Ich will ehrlich sein. Ich beneide dich um deinen Entschluss und deinen Mut, das durchzuziehen. Dafür hat mir früher die Kraft gefehlt. Jetzt ist es mir egal. Nicht nur in eurer Zeit, auch in meinen Jugendjahren war ich immer der Zufall. Das ging so weit, dass sie mich während der Ausbildung wegen des blöden Familiennamens mobbten. So nennt man das doch heutzutage, nicht wahr? Selbst meine Zeugung und Geburt sollen Zufälle gewesen sein. So was in dieser Art hörte ich ständig. Das war ernsthaft kränkend, und nicht deine Namensänderung.«

Jakob erhob sich, schenkte allen Wein nach, trat auf seinen Sohn zu und küsste ihn auf den Kopf. »Mein lieber Junge, selbst wenn wir uns gegenseitig oft ganz schön auf den Geist gehen, kannst du mir alles anvertrauen. Ich habe dich immer noch gleich lieb, egal wie alt du bist und ob du den Dummkopf spielst oder nicht.«

Helena und Werner hatten feuchte Augen. Helena, da sie von dieser Vater-Sohn-Auseinandersetzung tief in ihrem Inneren bewegt war, und Werner, weil er sich erst recht wie ein kleiner Junge vorkam, der vor dem Vater unbändige Angst gehabt hatte, die sich unvermittelt in Luft auflöste. Er war kurz davor, vor Rührung zu weinen.

Als sich Jakob erneut an den Tisch setzte, glänzten auch seine Augen. »So, mein Adler! Bevor wir jetzt alle hier anfangen loszuheulen, hol uns eine weitere Flasche aus dem Kühlschrank! Wir haben etwas zu feiern!«

KAPITEL 17 – SAMSTAG, NACHT

Weyregg am Attersee

Helena streichelte seinen Bauch, zog vorsichtig mit ihrem Fingernagel Kreise um den Nabel und befühlte die Stoppeln auf dem Unterbauch.

Sie hatte ihm, wie schon öfters vor dem gemeinsamen Sex, die Schamhaare rasiert. Sie liebte es, ihn einzuseifen und mit dem Einwegrasierer den Schambereich zu enthaaren. Es hatte viele Anläufe gebraucht, bis er das Vertrauen aufgebracht hatte und dies sogar an der empfindlichen Unterseite seines steifen Péos und am faltigen Chóntenskak zuließ. Anfangs kam es zu leichten Schnitten und Blutungen, doch sie ließ nicht davon ab und hatte sich mit der Zeit eine Fingerfertigkeit angeeignet, die viele Männer in den Wahnsinn getrieben hätte.

Werner genoss es inzwischen selbst mit großer Wollust. Dabei geschah es öfters, dass er bei dieser zärtlichen und doch messerscharfen Behandlung zum Höhepunkt kam. Das gefiel ihr umso mehr, gab es ihr doch ein Gefühl zwischen Macht und Ausgeliefertsein, und die Gewissheit, gute Arbeit verrichtet zu haben. Sein erschöpftes Gurren und Schnurren bei der abschließenden Waschung und Eincremung waren ihr Lohn genug.

Werner kümmerte sich ebenfalls gut um Helenas sexuelle Befriedigung, doch die künstlerische Fertigkeit würde er mit seinen etwas dicklichen Fingern aus rein anatomischen Gründen nie erreichen können.

Ihr Kopf lag nun auf seinem Bauch. Während er ihr die Kopfhaut kraulte, je fester, desto lieber hatte sie es, strich sie sanft über die glattrasierten Stellen.

»Thisavré mou. Ich muss dir etwas erzählen, bleib jetzt bitte ruhig und unterbrich mich nicht. Du darfst dabei gerne weitermachen.« Damit meinte Helena das Kopfkraulen.

Sie drehte kurz das Gesicht zu ihm, blickte ihn ernst an und machte sich wieder daran, seine Genitalien zu streicheln, ohne ihn gewollt erneut sexuell zu stimulieren.

»Ja, Helena. Aber du ...«

»Pssst ... Ich muss jetzt weit ausholen. Ich habe dir nie von meinem griechischen Großvater Costas erzählt. Sein Name bedeutet der Standhafte.«

Werner war sich ihrer Ernsthaftigkeit immer noch nicht bewusst und ließ innerlich einen kurzen Lacher aufwallen, da er den Standhaften mit sexuellen Gedanken assoziierte. Helena reagierte mit starkem Druck auf seinen sich erneut erhebenden Phallus und beendete die Streicheleinheiten.

»Re pedaki mou, skase miso lepto!« Sie übersetzte ihm diese Redewendung nicht – er würde schon verstehen, dass er die Luft anhalten solle – und sprach weiter: »Papouli mou, ich liebte ihn abgöttisch. Er ist vor zwei Jahren mit 85 gestorben. Kurz zuvor hat er mir furchtbare Dinge aus seinem Leben erzählt, von denen nur wenige aus meiner griechischen Familie genauer Bescheid wussten.« Sie drehte abermals den Kopf und legte ihn so auf Werners Bauch, dass sie ihm bequem ins Gesicht schauen konnte. Er bemerkte eine Träne, die über ihre Wange kullerte. Behutsam wischte er sie weg und platzierte die rechte Hand so, dass er ihr Jochbein mit seinem Daumen befühlen konnte. Um sie zu beruhigen und aufzumuntern weiterzuerzählen, strich er liebevoll, kaum spürbar übers Gesicht.

»Pappoús ist nicht in Griechenland geboren, sondern in der jetzigen Ukraine. Nahe der Stadt Mariupol. Wo genau, das tut nichts zur Sache. 1941 besetzte die deutsche Wehrmacht die Gegend. Viele griechischstämmige Familien lebten damals seit mehreren Generationen dort. Warum, kann ich dir später detaillierter erklären, wenn es dich interessiert.« Mit einem humorvollen gutturalen Laut fügte sie hinzu: »Oder deinem Vater. Der hat ein ausgeprägteres Geschichtsempfinden als du. Sei mir nicht böse, mein Schatz, aber das ist so.«

Werner versuchte spielerisch, eine beleidigte Miene aufzusetzen, was ihm nur unzureichend gelang.

»Mein Pappoús war ein Nachzügler, er war damals ungefähr neun Jahre alt und sein älterer Bruder Ikaro 17. Sie lebten mit ihrer Mutter und den Großeltern in einem kleinen Häuschen, das nur zwei Zimmer hatte. Costas konnte sich an seinen Vater nicht erinnern, da er früh verstorben war. Aus diesem Grund waren sie sehr arm. Ikaro versuchte, durch diverse Schmuggeleien und verbotenen Handel mit Lebensmitteln und anderen wichtigen Dingen seine Familie am Leben zu erhalten. Er bewegte sich zwischen den Männern der Wehrmacht, den Dorfbewohnern und den Widerstandskämpfern hin und her, was ihm leider zum Verhängnis wurde. Eines Tages war er unvorsichtig und führte ungewollt eine Einheit der SS zu einem Versteck von russischen Partisanen. Ikaro wurde mitsamt den Rebellen verhaftet und gefesselt auf dem Dorfplatz zur Schau gestellt. Ihr Dorf wurde von einem jungen Mann der Feldgendarmerie kommandiert. Der Nazi hieß Franz. Seinen Nachnamen konnte sich angeblich kaum jemand merken. Mein Großvater erinnerte sich, dass er aus der Ostmark war. Also aus Österreich. Die Brüder hatten zwar keine Ahnung, wo das war, doch der Befehlshaber rühmte sich ständig, dass er von der schönsten Gegend des ganzen Deutschen Reiches gekommen sei. Vom Attersee. Damit die Leute dort das auch verstanden, hatte er einfach an den Wortstamm Atter die griechische Übersetzung von See angefügt. Atterlímni. Und so war er bald allen bekannt als der Franz Atterlímni. Er galt als hartherzig und ritt sehr gerne. Man sah ihn kaum ohne Gaul. Es hieß, dass er zu den Pferden freundlicher gewesen sei als zu den Menschen.«

Helena schob sanft den Arm von ihrem Geliebten weg, drehte sich und kuschelte sich mit dem Rücken an seine Seite. Sie ließ es zu, dass er ihr eine Hand auf die Brust legte. Dann erzählte sie weiter: »Es gab natürlich in dem Dorf eine große Aufregung. Costas' Bruder war nicht der einzige Dorfbewohner, der sich unter den Verhafteten befand. Ja, sogar eine Frau in Hosen soll unter ihnen gewesen sein. Die betroffenen Mütter und Väter baten um Gnade für ihre Angehörigen. Franz Atterlímni saß auf seinem Pferd, hatte in einem kurzen Prozess alle des Hochverrats beschuldigt und zum Tode verurteilt. Die Aufständischen und Bolschewiken, wie sie genannt wurden, sollten sofort auf dem Dorfplatz exekutiert werden. Der kleine Costas hatte nicht einmal eine Ahnung, was ein Bolschewik sein sollte. Die Mutter der beiden Jungen wurde beim Versuch, ihren Sohn zu retten, durch einen Tritt von Atterlímni zu Boden geworfen. Er hatte sie rücksichtslos mit seinem Reitstiefel an der Schulter getreten. Bisher hatte es in dem Ort keine Hinrichtungen gegeben. An diesem Tag sollte sich das ändern. Papouli mou musste mit ansehen, wie sein Bruder und die weiteren Gefangenen mit Pistolen von Männern der Wehrmacht erschossen wurden. Jedem wurde die Waffe an die Stirn gesetzt und ohne Zögern abgefeuert. Ikaro war einer der Letzten. Er musste den Exekutionen zusehen und wusste gleichzeitig, dass ihm ebenfalls dieses Ende bevorstand. Costas hatte das Geschehen sein ganzes Leben vor Augen. Seine Mutter wollte ihn vorher nach Hause schicken, doch alle wurden gezwungen, den Erschießungen beizuwohnen. Er erzählte mir das alles, als ob es gestern passiert wäre. Jede Nacht sah er seinen Bruder, wie er zitternd und weinend auf dem Boden kniete, sich in die Hose machte und schließlich mit einem Schuss zu Boden gestreckt wurde. Es muss für ihn entsetzlich gewesen sein. Als mein Großvater zu Ende erzählt hatte, haben wir beide geweint. Früher hat er mich oft tröstend in den Arm genommen. Dieses Mal war ich es, die versuchte, ihn zu trösten. Was nach diesem erlebten Grauen so gut wie unmöglich war. Egal wie weit es zurücklag.«

Helena machte eine kurze Pause, um ihren Schmerz hinunterzuschlucken. Ein leises Geräusch irritierte sie. Sachte drehte sie sich um und bemerkte, dass Werner eingeschlafen war.

Sie war kurz davor, ihn aufzuwecken und ihn zu schelten. Hatte sie ihm doch erklären wollen, dass ihr Großvater sie bei ihrem letzten Gespräch gebeten hatte, die Nachkommen von Franz Atterlímni aufzusuchen und ihnen zu berichten, welch grausamer Mensch er gewesen war.

Sie konnte ihrem Geliebten nicht mehr erzählen, dass die Mutter ihren Sohn Costas mit anderen jungen Männern auf eine gefährliche Reise geschickt hatte. Auf eine Flucht nach Griechenland. Ohne zu wissen, dass das Land der Altvorderen von den Deutschen, Italienern und Bulgaren besetzt war. Costas hatte während seiner Flucht viele schreckliche Dinge erlebt. Ebenso im griechischen Bürgerkrieg, der sich nahtlos an das Ende des Zweiten Weltkrieges gereiht hatte. Sein Leben bot Stoff für mehrere Romane. Doch nichts hatte sich so in sein Gehirn eingebrannt wie die Hinrichtung seines geliebten Bruders, der für ihn wie ein Vater gewesen war. Die Mutter hatte er ebenfalls nie mehr gesehen.

Helena hatte geplant, Werner zu eröffnen, dass sie vorhatte, wieder nach Griechenland auszuwandern. Diesem Land fühlte sie sich heimatlich verbundener als dem kalten Deutschland, in dem sie aufgewachsen war, oder Österreich, wo sie eine Mission zu erfüllen hatte.

KAPITEL 18 – SAMSTAG, NACHT

Attersee am Attersee

Luca hatte Florian angerufen, ob er ihm nochmals helfen könne, die restlichen Sachen aus Attersee abzutransportieren. Er holte ihn mit dem Auto in Staudach ab, das nur zwei Kilometer von Viehaus entfernt lag.

Für Florian, einen 17-jährigen Automechanikerlehrling, war Luca ein Vorbild. Er fand es megacool, was er so managte und welche Sprüche er von sich gab. Er würde alles für ihn tun, ohne etwas zu hinterfragen.

Während der Fahrt hörten sie aus den zusätzlich eingebauten Boxen die harte und röhrende Musik von Landser. Die Lautstärke weit über der erlaubten und gesunden Dezibelgrenze. Sie grölten mit, als müssten sie die Originalstimmen übertönen.

Die beiden betraten das Haus wie üblich durch den Hintereingang. Gut, dass sie beim Ausräumen mit der Waffensammlung begonnen und sich die völkischen Produkte für den Abschluss gespart hatten. Das Telefongespräch mit Nataschas doofer Tante hatte ihm klargemacht, dass sie nichts von den Waffen und anderen Sachen wusste. Sonst hätte sie diese erwähnt. Zum Glück. Nur das mit den Drogen störte ihn. Woher wusste sie, dass er damit zu tun hatte? Er sah doch nicht aus wie ein Junkie?

Luca platzierte den Schlüssel am rostigen Nagel neben der Tür. Er ließ sie offen stehen, da sie mehrmals hin und her laufen mussten, um ihre Sachen hinauszubringen. Die beiden Frauen hatten anscheinend das Haus wie vereinbart verlassen. Denn auf dem schmalen Zufahrtsstreifen neben dem Gebäude war kein anderer Wagen geparkt.

Auf dem Dachboden angelangt, die Stiege war nicht nach oben geschoben worden, bemerkte er sofort, dass jemand in den Kartons gewühlt hatte. Die Hintersten in der Dachschräge erschienen unberührt. Darin verbargen sich zwar dieselben Produkte des »völkischen Lehrers«, jedoch waren jene mit verbotenen Grafiken und Sprüchen versehen. Deshalb kosteten sie mehr im Verkauf und konnten nur mit bestimmten Zusatzcodes bestellt werden. Wer damit nicht vertraut war, hatte keine Ahnung. Natürlich! Die Entdeckung des Materials brächte ihm eine Anzeige der Wiederbetätigung ein. Und davor hatte er Schiss, da von allen Scherereien und strafrechtlichen Maßnahmen abgesehen der Verzicht auf diese Einkünfte für ihn einschneidende Einbußen bedeuten würden.

Er ließ Florian öfters mit den Kartons zum Wagen gehen. Der Jugendliche war körperlich kräftiger. Luca musste alles einpacken, prüfen, was er mitnehmen und was er hierlassen konnte. Denn Müll und gebrauchtes Verpackungsmaterial hatte er nicht vor selbst zu entsorgen. Das musste mit der Überbezahlung abgedeckt sein.

Den zerstörten CD-Player samt zerbrochener CD-Hülle steckte er in eine halbgefüllte Schachtel. Dabei murmelte er: »Krucka, elendige«, und bedachte mit diesem oberösterreichischen Schimpfwort Natascha, denn nur sie konnte die Zerstörerin gewesen sein.

Er packte einige Ordner zusammen, die seinen Versandhandel betrafen. Den mit den Briefen ließ er unberührt auf der Arbeitsplatte liegen.

Er plante nicht, den »völkischen Lehrer« in Deutschland über die Adressänderung des Lagers zu verständigen.

Nachlieferungen holte er sowieso in einer Paketstube in Freilassing nächst Salzburg ab. An diese Adresse ließ er sich alles zusenden, was aus Deutschland kam. Er wollte ihn mit so unwichtigen Details nicht von bedeutenderen Arbeiten abhalten. Erst vorgestern hatte er sich zwei Stunden lang die letzten Audiodateien angehört. Über Telegram auf dem »VölkischenLehrer-Kanal« sowie dem »Volks-Flüsterkanal« und der Fanseite. Dort wurden die Zusammenhänge zwischen politischen Entscheidungsträgern im In- und Ausland erklärt. Mit welch ausländischen Verschwörungen Europa und vor allem Deutschland sowie Österreich – war ja ohnehin ein Volk – unterwandert wurden.

Der Fond und der Kofferraum seines Wagens waren bald voll und der Dachboden leergeräumt. Luca schob die Stiege wieder nach oben, wo sie mit einem klackenden Geräusch einrastete. Ein letzter prüfender Blick in den Raum, in dem die Waffen untergebracht gewesen waren, versicherte ihm, dass er nichts Wichtiges zurückgelassen hatte. Als er die Treppe hinabstieg, zog er sein Portemonnaie aus der Gesäßtasche, das mit einer Stahlkette an der Gürtelschlaufe gesichert war. Er zählte das Geld ab, das er hinterlegen sollte. Dabei trat er auf die Plastikverpackung eines T-Shirts mit dem Konterfei Hitlers, das Florian beim letzten Gang verloren hatte. Luca geriet aus dem Gleichgewicht, Geldtasche und lose Geldscheine flogen in die Luft, bevor sie zu Boden segelten. Er prallte der Länge nach mit Gesäß, Rücken und Kopf auf die Stufen und rutschte nach unten.

Der Lärm, der dabei entstand, und der durchdringende Überraschungsschrei schreckten Florian auf, der an der Hausbank stehend eine Zigarette rauchte. Genauso erschrocken riss Vera die Küchentür auf, hinter der sie mit Natascha versteckt den Abtransport abgewartet hatte. Sie dachten nicht daran, diesen Nazis das Haus noch mal unbeaufsichtigt zu überlassen.

Zwei in jeder Hinsicht unterschiedlichste Menschen standen vor dem Körper des Gefallenen, der reglos halb auf den Stufen lag. Ein 17-jähriger Kfz-Lehrling auf Neonazi-Trip und eine pensionierte, verhaltensoriginelle Lehrerin.

»Schau nicht so blöd, Junge. Pack mit an, wir müssen ihn auf den Boden runter heben. Sonst können wir ihm nicht helfen.«

Da der Jugendliche nicht sofort reagierte, probierte Vera es mit nonverbaler Kommunikation, mit einfacher Gestik und Mimik. Versuchte, ihm deutlich zu machen, dass er über den Gestürzten steigen solle, damit sie ihn auf den Flurboden legen könnten. Florian kapierte endlich, was Sache war, kletterte ungeschickt um den Liegenden herum, hielt sich dabei am Stiegengeländer fest und trat dem Freund mit einem seiner Springerstiefel auf die Hand.

»Au! Fuck! Was ist los!« Luca war unter die Lebenden zurückgekehrt. Er wollte selbstständig aufstehen, wobei ihm Vera trotzdem zu helfen versuchte. Unterhalb des Treppenabsatzes setzte er sich auf den Boden. Er war durch den Sturz benommen und rieb sich seinen kahlrasierten Schädel.

»Scheiße, mir tut alles weh!«

»Hättest du Haare, wäre der Aufprall nicht so hart gewesen.«

In diesem Moment wurde ihm bewusst, dass vor ihm eine ältere Frau stand.

»Sind Sie die Tante? Was machen Sie hier überhaupt?«

»Dich retten! Du hättest dir das Genick brechen können! Dummkopf. Ist was gebrochen?« Nachdem sie bemerkt hatte, wie jung er war, duzte sie ihn. Er kam ihr vor wie ein verhaltensgestörter Jugendlicher, wie schwierige junge

Menschen während ihrer Schulzeit noch genannt worden waren.

Luca bewegte Arme und Beine und zog sich an dem Eckpfeiler des Stiegenaufganges in die Höhe.

»Dein Führer hat dich zu Fall gebracht.«

»Was?«, fragte er irritiert.

Vera zeigte auf das T-Shirt, das hinter ihm lag und dessen Plastikverpackung aufgerissen war. Um es aufzuheben, beugte sich Luca runter. Zu schnell, ein stechender Schmerz fuhr ihm durch den Hinterkopf.

»Au, Fuck. Florian. Komm, fahren wir. Wir sind hier fertig.«

Etwas schwankend steuerte er auf die Tür zu. Er hatte keine Lust, sich mit der alten Frau auseinanderzusetzen. Es tat ihm zwar alles weh, doch er dürfte sich nicht ernsthaft verletzt haben.

»He, Nazijunge. Deine Geldtasche baumelt noch an dir! Hier lagen 400 Euro rum. Fehlt ein Hunderter.«

Die alte Frau streckte ihm ihre Hand entgegen. Verärgert zog er das Portemonnaie an der Kette hoch und entnahm einen weiteren Hunderteuroschein. Statt ihn ihr in die Hand zu drücken, ließ er ihn provokativ zu Boden fallen.

»Jetzt sind wir quitt. Der Schlüssel hängt hier oben. Wir sind fertig. Auf Nimmerwiedersehen!«

»Eine Sache fehlt noch. Der Shit! Ohne den ist der Deal nicht abgeschlossen!«

Luca fuhr Florian an, der im Türrahmen stand. »Los, hol den Stoff. Damit die verfickten Weiber endlich Ruhe geben!«

Vera trat auf den Fluchenden zu. »Noch so ein verfickter Ausdruck und ich quetsche dir deine Eier zusammen. Wärst nicht der Erste, bei dem ich das mache! Ich habe dich gewarnt.«

Sie demonstrierte mit der rechten Hand an seinem imaginären Gemächt, wie sie es zusammendrücken würde. Etwas erschrocken wich Luca zurück. Wer weiß, ob diese Wahnsinnige ihn tatsächlich in der Leibesmitte packen würde.

Florian warf ein Päckchen von außen herein. Es landete auf der Stiege.

»Sind wir nun quitt, old lady?«

Sie nickte und meinte, dass sie ja seine Handynummer habe, sollte er falsch gespielt haben.

Er verließ, ohne die Frau eines Blickes zu würdigen, das Gebäude, trat ins Gartenbeet und zerdrückte unwissend mit seinen schwarzen Stiefeln Veras Hanfpflanzen. Florian stolperte ihm nach.

»Flo, fahr du. Mir brummt der Schädel. Muss mich für morgen schonen!«

Obwohl Florian noch keinen Führerschein hatte, er war gerade dabei, den L17-Schein zu erwerben, war er ein geübter Fahrer. Er startete den Wagen und fuhr rückwärts aus der Einfahrt.

KAPITEL 19 – SONNTAG, MORGEN

Weyregg

Werner startete das Motorboot. Er war bis vor einem halben Jahr der einzige Polizist am See gewesen, der einen Motorbootführerschein besaß. Sein junger Kollege, der frischgebackene Inspektor Stefan Gassner, durfte wegen einer »blöden« Alkoholgeschichte zurzeit kein Motorkraftfahrzeug in Bewegung setzen. Nicht zu Lande und nicht zu Wasser. Das war dem Revierinspektor Adler recht, auch wenn es ihm manche Überstunde bescherte. Er fuhr immer in Uniform mit dem Boot, nie in ziviler Kleidung, selbst Fahrten privater Natur erledigte er in Amtstracht, was offiziell nicht erlaubt war. Er genoss es, über das Wasser zu gleiten, liebte den Fahrtwind und fand mitten auf dem See seinen Seelenfrieden, wenn er den Motor abstellte, sich dahintreiben ließ und den Gedanken und Gefühlen hingab, den Seelenblick genoss. Heute Morgen konnte er wieder seinem heimlichen Ritual frönen. Er versteckte Gummibärchen an Bord sowie eine Flasche Whisky, an dem er sich nur schluckweise erfreute. Er verabscheute Betrunkene, schätzte jedoch den Geschmack und die Wirkung eines guten Tropfens. Die Gummibärchen reihte er manchmal nach Farben auf und verzehrte sie hintereinander beziehungsweise auch durcheinander. Oder er presste zwei unterschiedlich färbige Bärchen mit der Vorderseite fest aufeinander und durchbiss sie gezielt mit den Vorderzähnen, sodass sich nach der geplanten Halbierung vier gleiche Körperhälften in seinem Mund befanden.

Im Jahr zuvor war das Polizeiboot im Bootshaus der Schifffahrtsgesellschaft in der Ortschaft Attersee, am gegenüberliegenden Ufer des Sees, untergebracht gewesen. Seit dem heurigen Frühjahr hatte seine Behörde die Hälfte eines winzigen Bootshauses in Weyregg gemietet, wo das Boot neben einem privaten Kanu untergestellt und im Winter sogar aus dem Wasser gehoben werden konnte.

An diesem Sonntagmorgen, es war noch nicht mal 7 Uhr früh, hatte er keine Zeit, sich den Gummibärchen und seinem Seelenfrieden zu widmen. Sein Kollege Stefan Gassner und zwei Beamte des Landeskriminalamtes aus der Abteilung Suchtmittelkriminalität, von allen Insidern vereinfacht als Giftler bezeichnet, waren mit an Bord. Gassner war wie Werner uniformiert, die beiden anderen in ziviler Kleidung, lediglich auf ihren dunklen Jacken prangte der Polizei-Schriftzug.

Durch Beiträge auf Social-Media-Kanälen, die Verbrecher nutzten und Polizisten beobachteten, erhärtete sich der Verdacht, dass mittels eines Bootes an diesem Morgen am Attersee Drogen zugestellt werden sollten. Einer der Umschlagplätze sollte sich in der Alexenau befinden, ein paar Kilometer südlich von Weyregg. Dort gab es abgegrenzte Liegewiesen, die hauptsächlich im Sommer vermietet wurden. Auf den Wiesen standen eine Menge verschließbarer Kunststoff- oder Metallboxen, die die Badeutensilien der Vermieter enthielten. In einer dieser Boxen, glaubten die Ermittler, sollte eine Drogenlieferung abgelegt werden.

Werner Adler hoffte nur, dass niemand in die Geschäfte verwickelt war, den er kannte. Er hasste es, wenn er Bekannte abstrafen oder gar verhaften musste. Irgendwie war er in diesen Fällen meist peinlich berührt, obwohl er die gesetzte Autorität war und das Gesetz vertrat. Nicht umgekehrt.

Er fuhr mit halber Kraft im nahen Uferbereich dahin, um mit dem Außenbordmotor möglichst wenig Lärm zu erzeugen. Über dem See hingen mehrere Dunstwolken, die sich bald verflüchtigen würden. Ein idealer Zeitpunkt, um verbrecherischen Aktivitäten auf dem Wasser nachzugehen und ebenso Verbrechern aufzulauern. Die Männer sprachen leise miteinander, damit keine verräterischen Stimmen über die Wasserfläche getragen wurden. Sie wussten nicht, mit welchem Boot der oder die Drogenkuriere unterwegs waren.

Die beiden Inspektoren Trattler und Grubmüller interessierten sich für den Leichenfund vom Vortag. Werner ließ im Schutz der überhängenden Äste eines Baumes, der direkt am Ufer stand, den Motor im Leerlauf dahinblubbern. Er erzählte ihnen in Kurzform das Vorgefallene und dass er inzwischen Aktuelleres erfahren habe. Der Tote sei zwar von seiner neuen Lebensgefährtin als Klaus Braunauer identifiziert worden, jedoch hätten die Nachforschungen bisher ergeben, dass in den Bezirken Vöcklabruck und Gmunden kein Mann mit diesem Namen wohnhaft gemeldet sei. Weiters sei Kollege Grausgruber, Chisi, von Altmünster nochmals am Taferlklaussee gewesen, dem Fundort der Leiche, um den abgetrennten Teil eines Fingers zu bergen. Doch sei dies eine Finte von ein paar Witzbolden gewesen, die mitbekommen hätten, dass dort ein Leichnam gefunden worden sei. Die Ermittlungen liefen, vieles würde man erst am Montag klären können.

Stefan saß beim Motor hinten und hielt sich mit einer Hand an einem Ast fest, damit das Boot nicht abtrieb. Sie verharrten über 20 Minuten in dieser Position, bis plötzlich wie aus weiter Ferne ein alter französischer Chanson erklang. Drei Polizisten blickten verwirrt umher, nur einer wusste, woher die Musik kam.

Werner Adler kramte in der Umhängetasche, die neben ihm lag, und holte sein Mobiltelefon heraus, das den Refrain »J'attendrai« mit der Stimme von Charles Aznavour von sich gab.

Er schaltete das Gerät aus und wandte sich zu seinen Kollegen um. »Sorry! Mein Vater wartet mit dem Frühstück, ich habe vergessen, ihm abzusagen. Er spielt mir immer wieder die verrücktesten Lieder aufs Handy. Zurzeit steht er auf alte französische Chansons.«

Chefinspektor Trattler quittierte dies mit einem abschätzigen Lächeln und Kopfschütteln. Werner wusste, dass er dadurch mithalf, das Klischee aufrechtzuerhalten, dass Dorfpolizisten schrullig und ungeschickt seien.

Trattler, der Ranghöchste an Bord, steckte sich ein Bonbon in den Mund. Mentholgeschmack. Sie starrten alle nach vorn, wo sich der Dunst mehr und mehr verzog und hoffentlich bald ein Boot auftauchen würde.

KAPITEL 20 – ZUR SELBEN ZEIT

Auf dem Attersee

Luca fand wie viele Male zuvor die Tasche im Kofferraum seines Wagens verstaut. Er hob sie kurz an und stellte sie gleich wieder ab. Heute war das Gewicht der Lieferungen um einiges größer als sonst. Umso besser, je mehr Stoff, desto mehr Kohle würde für ihn abfallen. Diese hatte er auch nötig, da er sich ein neues Lager für die »völkischen« Produkte suchen musste. Er hatte nicht vor, den Versandhandel über seinen Bauernhof in Viehaus abzuwickeln. Florian übernahm öfters solche Aufgaben und sollte deshalb uneingeschränkten Zugang zu den Artikeln des »völkischen Lehrers« haben. Luca wollte außer seiner Mutter niemandem einen Schlüssel für den Hof geben. Und falls er tatsächlich den Kuhstall zum »Reichs-Gedenkraum« umgestalten sollte, würde es ein Extraschloss geben, zu dem nur er den Schlüssel hätte.

Er griff sich an den rasierten Schädel, wo die schwarzen Haarstoppeln täglich für dunklere Färbung sorgten und seine Fingerspitzen etwas wie die Oberfläche eines feinen Schmirgelpapiers fühlten. War wieder mal Zeit für eine Rasur, die er für gewöhnlich in der Badewanne vollzog. Vollkommen eingeseift mit einem Einwegrasierer über seinen Kopf zu fahren machte ihm großes Vergnügen. Die Tablette gegen den Kopfschmerz fing langsam an zu wirken. Der Treppenfall vom Vortag wirkte spürbar nach. Nur wegen der verfluchten Weiber hatte er sich so beeilen müssen, hätte sich beinahe das Genick gebrochen und war eine Menge Geld losgeworden. Das Päckchen Shit tat ihm nicht weh, davon hatte er genug im Keller gebunkert, er bekam es meist als »Trinkgeldersatz« in den Kofferraum seines Wagens gelegt.

Er hatte sich warm angezogen, da es früh am Morgen auf dem See recht kalt war. Durch die Luftfeuchtigkeit und den morgendlichen Dunst kam es ihm meist um einiges kühler vor. Die schwarze Kappe mit der gotischen Aufschrift »Wohlan«, die er fest auf den Kopf gepresst hatte, das Schild nach hinten gedreht, und sein verschlafenes Gesicht verliehen ihm einen dümmlichen Ausdruck.

Während der Fahrt von Viehaus zum Gasthof am See hörte er von einem USB-Stick »Die Seer«. Wenn er alleine war, gab er sich anderer Musik hin. Nicht die lauten dröhnenden Nazi-Songs, die auf einem zweiten Stick in der Mittelkonsole griffbereit waren. Nein, er verwöhnte seine Ohren und sein Gemüt mit melodiöseren und herzerwärmenderen Liedern. Schuf sich dabei eine eigene Wehmut, eine Sehnsucht nach dem Leben und einer Liebe, der er wahrscheinlich nie begegnen würde. Selbst wenn, wäre er ihr wahrscheinlich nicht gewachsen. Obwohl es heutzutage für die meisten Männer obsolet war, sich ihrer Homosexualität zu schämen, hatte er riesige Probleme damit, sich das selbst einzugestehen. Geschweige denn sich zu outen. Vor allem unter seinesgleichen. Mit Härte und Gewalt ließ sich das gut kaschieren.

Bei dem Gasthof angekommen, holte er den hinterlegten Schlüssel unter einem Blumentopf hervor und schritt durch die taufeuchte Wiese, die sich zum Anlegesteg hinunterzog. Das Elektro-Partyboot war ein kleines umgebautes altes Schiffchen, das für zehn Personen zugelassen war. Der Motor wurde ständig gewartet und lief verhältnismäßig leise. Daneben war ein stärkeres Motorboot am Steg vertäut. Mit diesem durfte nur der Besitzer beider Boote fahren. Der Wirt des Gasthofes. Er war einer der Wenigen am See, der eine Wassertaxibescheinigung hatte. Deshalb war es ihm im Gegensatz zu anderen gestattet, im Juli und August mit dem Motorboot den Attersee zu befahren. Er wusste nichts von der Fracht. Glaubte seinem Kellner, dass dessen Freund Luca sich manchmal in aller Frühe das Boot zum Angeln auslieh. Hatte er doch immerhin des Öfteren zwei bis drei frische Fische als Gegenleistung erhalten. Dass diese sein Kellner ein paar Häuser weiter bei einem Fischer kaufte, war ebenso ein Geheimnis. Und ein bisschen Schwarzfischen in aller Herrgottsfrühe war nicht mehr als ein Kavaliersdelikt. Da war nichts zu hinterfragen.

Luca betrachtete wie immer den von Hand geschriebenen Plan, der zuoberst in der Tasche lag und die Fahrtroute zeigte. Die erste Station sollte Alexenau sein. Alleine für diese Zustellung rentierte sich die Fahrt. Er wusste zwar nicht, wer der Empfänger war, dafür ging es dort meistens um die größte Lieferung und natürlich um die beste Rendite für ihn.

Für diese Fuhre musste er auf die Ostseite des Sees. Er lachte laut auf, denn das letzte Lied, das er während der Fahrt im Wagen gehört hatte, war »Über'n See«. Die Version mit Wilfried, die er sich gelegentlich fünf- bis sechsmal hintereinander anhörte. Schade, dass er den Stick mit seiner Lieblingsmusik auf dem Boot nicht benützen durfte. Das wäre zu laut gewesen für diese frühe Morgenstunde, in der er jedes Aufsehen zu vermeiden hatte.

Er löste den Seemannsknoten, sprang ins Boot und legte die Tasche neben sich. Eine Hand legte er um das Lenkrad, das von einem alten Sportwagen zu stammen schien, mit der anderen drehte er den Schlüssel und startete den Elektromotor, der die Schiffsschraube mit leise surrendem Ton antrieb. Geübt lenkte er das Boot in einer Schlaufe durch die Bucht und tauchte in den nebelhaften Dunst des Sees ein.

Während der Überfahrt betrachtete er seine neuen Springerstiefel, die er vor einer Woche gekauft hatte. Nachdem er seine Mutter in Asten besucht hatte, hatte er sich die Stiefel in Pasching bei Linz in einem Army-Shop gekauft. Aus genarbtem Rindsleder, Zehnlochschnürung und Stahlkappe, geschraubte Gummisohle. Und das um nicht mal 60 Euro. Ein Schnäppchen! Er hatte sie gleich angelassen und war mit stolzer Brust zum Friedhof in Leonding gefahren.

Dorthin, wo Hitlers Eltern begraben lagen. Da die Gebeine des Führers angeblich in Russland verwahrt waren, konnte man bloß die Ruhestätte von Klara und Alois Hitler besuchen. Und das auch nur, wenn man wusste, wo sich das ehemalige Grab befunden hatte. Es war bereits vor 10 Jahren aufgelassen worden. Er kannte den Standort, ein Grabplatz, der seither leer blieb, denn niemand wollte seine Angehörigen dort begraben wissen. Für ein paar Minuten allein auf dem Friedhof, hatte er eine mitgebrachte Grabkerze entzündet und sie auf den Schotter gestellt, der das Erdreich der ehemaligen Ruhestätte bedeckte. Wie konnte man denn die Eltern für das Ansehen ihres Sohnes über den Tod hinaus bestrafen? Der dazu für Luca auch noch ein Held war. Ein Märtyrer!

Der nebelartige Schleier über dem See lichtete sich. In ein paar Minuten würde er die Bootsanlegestelle Alexenau erreichen. Weitere Lieferorte waren südwärts, zum Beispiel der Tauchplatz bei der schwarzen Brücke. Eine Stelle, an der schon viele Taucher ihr Leben in den Tiefen des Attersees verloren hatten. Vor ein paar Jahren hatte man auf der anderen Straßenseite sogar ein Kreuz zu deren Gedenken aufgestellt.

Luca hatte fürs Tauchen gar nichts übrig. Jeder lebensgefährliche Sport war für ihn unnötig und dumm. Vor allem jene, bei denen man allein war. Anders war es bei Mannschaftssportarten. Er hatte vor einem Jahr mit Paintball begonnen. In der Nähe von Bad Aussee gab es die Möglichkeit, mit seinen Kumpanen bewaffnet durch das Gelände zu laufen und mit Farbpatronen aufeinander zu schießen. Das war cool und verlangte einem ganz schön viel ab.

Für die Fahrt zurück waren auf dem Plan noch zwei Plätze auf dem Westufer des Sees markiert. Jeweils ein Bootshaus in Dexelbach und eines in Reith. Die kannte er auch schon von früheren Zustellungen.

Die Sicht wurde besser und er konnte den gewünschten Steg ansteuern. Da bemerkte er plötzlich aus den Augenwinkeln ein Motorboot, das aus dem Schutz der Uferböschung auf ihn zukam. An Bord mehrere Männer, zwei in Uniformen.

Scheiße, woher wussten die, dass er hierher unterwegs war? Hatte man ihn verraten?

Er überlegte kurz, ob er abdrehen sollte, doch gegen die Geschwindigkeit eines Motorbootes könnte er mit seinem Schiffchen nicht ankommen.

Sollte er die Tasche über Bord werfen? Das Wasser hier in Ufernähe war seicht. Man konnte sehr gut den Seegrund sehen. Weiter südlich, bei den Tauchplätzen, hätte es mehr Sinn gemacht. Ins Wasser springen und davonschwimmen war auch keine Option. Dazu war er zu wenig geübt im Schwimmen und zu wenig durchtrainiert. Sollte er den dummen Jungen spielen, der nur zum Fischen hier war, der nicht wusste, was sich in der Tasche befand?

Dummerweise hatte er keine Waffen mit an Bord, mit denen er einen Überraschungsangriff hätte starten können.

In dieser Situation kam ihm nicht in den Sinn, wie lächerlich dieser Gedanke war.

Über ein Megafon wurde ihm zugerufen: »Legen Sie bitte hier am Steg an. Polizeikontrolle. Bitte bringen Sie das Boot ans …«

Mehr hörte er nicht mehr.

KAPITEL 21 – SONNTAG, MORGEN

Auf dem Attersee

Die Verwunderung über die Observierung, die ihm galt, war Luca immer noch ins Gesicht geschrieben, als sich der Boden um und unter ihm bewegte. Vom Polizeiboot und vom Ufer aus gesehen war alles wie von einem grellen Blitz erhellt, der aus den Tiefen des Wassers zu kommen schien.

Lucas rechte Seite wurde den Hauch einer Sekunde vor dem Rest in die Höhe gerissen. Der Humerus, den Nichtmedizinern als Oberarmknochen bekannt, schnellte nahezu mit Überschallgeschwindigkeit in die Höhe. Der Ärmel der Lederjacke riss, als bestünde sie aus Seidenpapier. Die durch die Explosion entstandene extreme Hitze verbrannte Achselhaare und Oberhaut. Nicht nur die Schweiß- und Talgdrüsen wurden ihrer Funktionstüchtigkeit beraubt. Genauso die Lymphknoten der betroffenen Versorgungsgebiete, deren Aufgabe es war, Krankheitserreger, Krebszellen und Fremdstoffe zu filtern. Sämtliche Eiweiße erfuhren eine thermische Denaturierung.

Der Oberarmkopf luxierte aus der Gelenkpfanne und zerstörte dabei die sie umgebende Kapsel wie eine Eierschale. Auf dem weiteren Weg nach oben riss neben vielen Sehnen auch die Rotatorenmanschette.

Die Zerstörung genannter Manschette ließ das Coracoid, auf Deutsch Rabenschnabelfortsatz, sowie die Schleimbeutel bersten. Der Fortsatz blieb trotz seines Vogelnamens am Körper und wurde nicht wie viele andere Sehnen, Muskeln und Knochen auf den Flug des Armes mitgenommen.

Das Schlüsselbein gab sofort seinen Widerstand auf, nachdem das Schultereckgelenk den Druck ins Unermessliche erhöht hatte. Alles Weiche, Haut, Arterien und Venen, darunter die ringfingerdicke Arteria subclavia, wurden durch die Wucht auseinandergerissen.

Der abgetrennte Arm konnte sich auf die Flugbahn begeben und sich wie ein Baby nach der Abnabelung einer ungewissen Zukunft widmen.

Das Zerfetzen der Füße, die Verbrennungen der Genitalien und anderweitige eindringliche Geschehnisse, die Luca nicht spürte, geschweige denn bewusst wahrnahm, bedeuteten noch nicht das Ende seines kurzen Lebens.

Die Mittelohrschäden sowie die augenblickliche Ruptur des Trommelfells und des Augapfels, ebenfalls von der Überschalldruckwelle der Explosion verursacht, beraubten ihn seiner Sinne. Der Schmerz der Bauchblutungen und Darmperforationen wurde durch das sofort einsetzende Schädel-Hirn-Trauma abgeschwächt.

Die Summe all dieser Verletzungen in Verbindung mit der Druckwelle führte zu Deformierungen von Organen, vor allem zum Platzen des rechten Lungenflügels, dessen drei Teile den niedlichen Familiennamen Lobus trugen. Die dadurch im Brustraum entstehende Luftansammlung verursachte einen sogenannten Mediastinalshift. Das bedeutete, dass der verschobene Lungenflügel im Brustkorb dem Herzen den Platz streitig machte und dieses dadurch weit nach links ausweichen musste. Die zu- und abführenden Gefäße knickten ab, verschlossen den Durchfluss wie ein umgeknickter Gartenschlauch. Die Auswurfleistung des Herzens kam zum Erliegen und machte Luca letztendlich den

Garaus. Als hätte man ihm zu all seinen Rupturen zusätzlich den Strom abgestellt.

Das zentrale Atemzentrum erregte ein letztes Mal das Zwerchfell, die sogenannte Schnappatmung.

Durch die traumatisch bedingte Vasokonstriktion kam es zu keinem Ausbluten.

Feuer und Wasser beseitigten die paar Spritzer Blut und die herumliegenden Gewebeteilchen.

Eine herrenlose Kappe schaukelte auf den Wellen. So wie ihr Aufdruck »Wohlan« vermittelte, schwamm sie neuen Aufgaben entgegen.

KAPITEL 22 – SONNTAG, MORGEN

Palmsdorf

Vera hielt die Tür zur Küche und zum Wohnzimmer geschlossen. Auf der Couch schlief Natascha. Die beiden waren nach ihrem Abenteuer vom Vortag, der Hausverteidigung und der Rettungsaktion eines von seinem Führer zu Fall gebrachten Antihelden, die paar Kilometer rauf zu Veras Haus gefahren. Palmsdorf lag oberhalb der Gemeinde Attersee, teilweise mit wunderbarer Aussicht auf den See.

Die ehemalige Lehrerin brühte Jasmintee auf und ließ eine Kapsel in die neu angeschaffte Kaffeemaschine fallen. Anschließend ging sie vor die Tür, um ihre erste Zigarette zu rauchen. Sie wollte die Schlafende nicht wecken. Draußen begegnete ihr der frühmorgendliche Gesang der Vögel, den sie so liebte, dass sie oftmals mehrere Fenster öffnete, um ihn überall zu hören.

Die beiden Frauen hatten am Abend auf der Terrasse zum Garten hin gefeiert. Da Vera keinen Alkohol trank, hatte sie eine Flasche für Natascha geöffnet. Den Joint hatten sie miteinander geraucht. Das heißt, Vera hatte ihn sich reingezogen und ihre Freundin lediglich ein paarmal probieren lassen, die dabei wild gehustet hatte. Ob sie schlussendlich von dem Wein betrunken oder dem Joint high gewesen war, hatte keine der beiden bestimmen können, und das war letztendlich auch egal gewesen. Sie hatten den Tag Revue passieren lassen, sich selbst gelobt ob der weiblichen Vehemenz, und sie hatten eine Menge Spaß daran gehabt.

Natascha hatte zuerst aufgegeben. Sie war auf der Couch sitzend umgekippt, und nachdem Vera ihr aus den Klamotten geholfen hatte, war sie sofort eingeschlafen. Mit einer übergeworfenen kuscheligen Decke, deren Oberseite mit einem Hirschmotiv verziert war, hatte die junge Freundin die ganze Nacht durchgeschlafen. So wie die Hausherrin sie zurückgelassen hatte, so lag sie am Morgen noch da.

Vera hielt den Stummel der ausgedrückten Zigarette unter den fließenden Wasserhahn und warf ihn daraufhin in den Mülleimer. Sie ging immer auf Nummer sicher. Aus einer Plastiktasche, die sie aus dem Haus in Attersee mitgenommen und in der Küche abgestellt hatte, zog sie einen orangefarbenen Ordner heraus. Von den alten Briefen fasziniert, hatte sie Natascha gebeten, sich die restliche Feldpost zum Transkribieren mitnehmen zu dürfen. Weil sie in jungen Jahren in der Kurrentschrift unterrichtet worden war, wollte sie sich damit wieder einüben. Hinzu kam, dass sie zu wissen glaubte, dass dieser Briefschreiber der Franz Selchgruber war, den sie zwar nicht persönlich gekannt hatte, aber über den sie einiges wusste. Sie nahm sich vor, genauer nachzuforschen. Natascha hatte ihr zu verstehen gegeben, dass sie diese ungeheuerlichen Briefe nicht zurückhaben wolle. Am besten sei es sowieso, sie zu verbrennen.

Da Vera in ihrem Haus allein lebte, kannte sie alle Geräusche, die das Gebäude von sich gab. Nataschas nackte Füße, die sie zum WC trugen, und die Klospülung waren ungewöhnliche Wahrnehmungen, vor allem da sie diese nicht selbst verursachte. Es war sehr lange her, dass jemand über Nacht zu Gast bei ihr gewesen war. Es gefiel ihr. Sie würde sie in Zukunft öfters mal zum Übernachten einladen.

Verschlafen, nur mit Slip und zerknittertem T-Shirt bekleidet, erschien eine weibliche Gestalt.

»Kaffee oder Tee? Ich habe beides gemacht. Was willst du?«

Sichtlich überfordert, gähnte Natascha ausgiebig und lehnte sich in den Türrahmen. »Vera, darf ich bei dir duschen gehen?«

»Natürlich, mein Kind. Den Gang zurück, letzte Tür rechts. Nimm dir ein frisches Badetuch vom Stapel. Gleich hinter der Tür.«

»Danke. Ach ja, hast du eine Binde für mich?« Sie setzte sofort nach und beantwortete sich die Frage selbst, da sie meinte, einen Fauxpas begangen zu haben.

»Verzeih. Natürlich nicht. Du brauchst ja so was nicht mehr. Ich bin echt noch im Slow-Motion-Modus!«

Veras fragender Blick verlangte nach einer erklärenden Übersetzung.

»Ich bin noch von gestern zu verweingeistigt. Vergiss die Frage. Ich rede nur Stuss. Tut mir leid.«

»Liebe Natascha, denkst du, eine alte Frau kann keine Binden mehr benötigen? Da täuschst du dich. In der kleinen Lade unter dem Waschtisch findest du welche. Und jetzt beeil dich. Ich möchte bald frühstücken.«

»Danke, du bist echt cool drauf, fast wie eine Mutter, Vera!« Natascha machte einen Schritt auf die ältere Frau zu, küsste sie auf die Wange und begab sich auf den Weg zum Badezimmer.

»Eher wie eine Großmutter«, stellte Vera richtig, mehr für sich selbst als für Natascha.

Sie wollte ihr noch ankündigen, dass Helena zum Frühstück kommen würde, die Freundin ihres Neffen. Des Polizisten, der sie im Vorjahr gerettet hatte. Werner wollte sie endlich seiner Tante vorstellen. Was wäre geeigneter als ein Frühstück? Der kurze Small Talk beim Begräbnis in Weyregg, wo sie sich kurz gegenübergestanden hatten, fiel nicht unter die Rubrik Kennenlerngespräch.

Er hatte vorgeschlagen, dass sie ein Kaffeehaus besuchen sollten, er würde alles bezahlen. Vera hatte umdisponiert und sie zu sich nach Hause eingeladen. Ihr Neffe hatte eine SMS gesandt, dass Helena allein komme. Er würde später nachkommen, wenn es der Dienst erlaube.

Typisch Werner. Dienst geht vor. Das war einer der Gründe, warum er selten mit einer Freundin länger als ein Jahr zusammen war. Meistens folgten dann sechs Monate des Selbstmitleides. Er hatte sich ihr zwar nicht anvertraut, doch wurde sie darüber von seinem Vater auf aktuellem Stand gehalten.

Jakob, der Frauenheld. Selbst über seine Amouren setzte er sie in Kenntnis und kam nicht selten zu ihr, um weiblichen Rat einzuholen.

Diese zwei waren ihre Männer, auf andere hatte sie die Lust verloren. Oder zumindest hatte sich im letzten Jahrzehnt kein geeigneter Kandidat eingestellt. Alte sabbernde beziehungsweise bald pflegebedürftige Männer hätte es genug gegeben. Doch geriatrische Erfahrungen wollte sie sich bis auf Weiteres ersparen.

KAPITEL 23 – SONNTAG, MORGEN

Auf dem Attersee

Die Druckwelle erreichte die vier Männer auf dem Polizeiboot unmittelbar nach dem Aufblitzen und dem nahezu trommelfellzerfetzenden Knall der Explosion. Da es weder eine Abdeckung noch ein Dach auf dem Wasserfahrzeug gab, waren die Insassen dem Luftstoß schutzlos ausgesetzt.

Am Heck kippte Stefan rückwärts ins Wasser, was ihn vor schweren Verletzungen bewahrte.

Chefinspektor Trattler, der Leiter des Einsatzes, wurde mehrfach von herübergeschleuderten Kleinteilen am Kopf und der Brust getroffen. Ein größeres Holzstück brachte ihn zu Fall und warf ihn über Bord. Dabei verletzte er sich am Bein, da er zuerst an der Reling der Backbordseite aufschlug und erst in weiterer Folge in den See plumpste. Der zweite Polizist aus Linz, Inspektor Grubmüller, der vorne am Bug stand, bekam die volle Ladung ab. Holzsplitter und Metallteile attackierten den ganzen Körper. Die dicke Jacke, die er trug, hielt das meiste vor dem tieferen Eindringen in seine Hautschichten ab. Die Jeanshose schaffte das nicht. Die Wucht schleuderte ihn nach hinten zum Motor, wo er hart mit dem Kopf aufprallte und bewusstlos mit verrenkten Gliedern liegen blieb.

Werner hatte großes Glück, da er sich zum Zeitpunkt der Detonation etwas nach unten gebückt hatte, um aus einem der zwei Staufächer seine Sonnenbrille herauszunehmen. Er rutschte zu Boden, wurde hin und her geworfen, stieß mit dem Kopf zuerst vorn, dann hinten an die Bordwand und blieb eingeklemmt zwischen einem fix montierten Stuhl und den Außenplanken hängen. Das Sicherheitsband, das sein Handgelenk mit dem Bootsmotor verband, hatte sich gelöst und augenblicklich den Antrieb des Bootes abgestellt. Das war eine Sicherheitseinrichtung, die für Motorbootfahrer oftmals lebensrettend zum Einsatz kam. Bevor er wieder bei Sinnen war, klatschte ihm etwas Schweres ins Gesicht und blieb auf ihm liegen. Ein neuerlicher Kratzer gesellte sich zu den anderen auf seiner Wange. Er hatte noch nicht realisiert, dass ein von seinem ursprünglichen Besitzer losgelöster Arm über das Wasser geflogen war und nun auf seinen angewinkelten Beinen lag.

Das Geschehen lief in wenigen Sekunden ab. Im Nachgang kamen größere Wellen auf sie zu, die ebenfalls durch die Explosion des Partybootes ausgelöst worden waren.

Stefan Gassner, der sich soeben aus dem seichten Wasser und dem sichereren Bereich hinter dem Boot emporkämpfte, hatte noch keine Chance gehabt zu eruieren, warum er aus dem Polizeiboot gestürzt war. Der durch den Wellengang gehobene Schiffsrumpf drückte ihn weg, landete auf ihm und brach ihm das Nasenbein. Er fühlte den Stoß, riss die Augen weit auf und schrie den sofort einsetzenden Schmerz in den See, in dem er sich innerhalb kürzester Zeit zum zweiten Mal befand. Jeder Regisseur von Naturkatastrophenfilmen hätte diese Szene mit Begeisterung in seinen Streifen aufgenommen. Nach ein paar Drehungen konnte er sich aus dem kühlen Nass befreien, um gekrümmt im Wasser stehend ungläubig herumzublicken. Die Nase von der hohlen Hand beschützt.

Chefinspektor Trattler, der sich am Rumpf festhielt, war der Erste, der erkannte, was passiert war. Er blickte mit schmerzverzerrtem Ausdruck auf die brennenden Reste des Partyschiffes. Es stand in Flammen und trieb wenige Meter entfernt dahin, das Feuer sandte eine schwarze Rauchwolke gen Himmel. Eine Unmenge an Einzelteilen und Splittern des zerfetzten Bootes verzierten die sonst so klare und saubere Wasserfläche.

Werner Adler griff nach dem Ding, das ihn getroffen hatte, und erschauerte. Eine abgerissene Hand lag in seinem Schoß. Aus dem Stumpf floss etwas Blut, das der Uniform einen zusätzlichen Farbton bescherte. An einem der Finger, die vollkommen unbeschädigt und wie aus Wachs hergestellt dalagen, steckte ein grober Metallring mit keltischer Rune. Das Schmuckstück hatte dem Polizisten durch den Aufprall die nachhaltige Verzierung auf der Wange beschert. Angeekelt warf er den Arm von sich, stieß mehrmals Schreie aus, die er selbst nicht richtig wahrnahm. In den Ohren surrte es, und er hörte eine Stimme, die wie von Ferne seinen Namen rief. Immer noch im Innern des Bootes liegend, versuchte er, der misslichen Lage zu entkommen. Das Schaukeln des Untergrundes erschwerte dieses Vorhaben. Er drehte sich, kam auf alle viere wie bei der Yogaübung am gestrigen Morgen. Etwas schmerzte an der linken Seite. Er kroch ein Stück hervor und sah auf zwei Füße, die zu Inspektor Grubmüller gehörten. Sie bewegten sich nicht. Wieder hörte er seinen Namen, als ob er vom Ufer aus gerufen würde. Jetzt setzte er sich auf und erblickte Trattler, der außerhalb des Bootes stand. Er hielt sich an der Reling fest. Die Jacke war zerfetzt und blutete. Warum blutete die Jacke? Werner war über alles verwundert und begriff immer noch nicht, was mit ihm und seinen Kollegen geschehen war. Auf der anderen Seite tauchte ebenfalls ein Gesicht auf. Stefan, der sich mit einer Hand die Nase hielt. Tränen liefen über seine Wangen. Oder war es Seewasser? Er wirkte hilflos wie ein kleines Kind. Ja, das war Werner ebenfalls. Hilflos.

Trattler bedeutete ihm mit mehreren Gesten, dass er ein Mobiltelefon benötige. Wozu brauchte er jetzt ein Telefon? Wieder machte sich der Schmerz bemerkbar, dem Werner sich nun widmete. Oberhalb der Hüfte steckte ein kleiner Holzsplitter. Wie kam der dorthin?

Wasser spritzte ihm ins Gesicht und lenkte ihn von seiner soeben entdeckten Wunde ab. Ach ja, was wollte der Chefinspektor? Ein Telefon. Wo hatte er es bloß hingelegt? Er blickte um sich und erspähte eines neben dem bewusstlosen Polizeibeamten. Schmerz flammte erneut in der Wunde auf, als er über die Füße kletterte, das Gerät ergriff und es zur Bordwand hinüberreichte.

Der Einsatzleiter streckte sich, nahm es entgegen und drückte auf den Knöpfen herum. Er schüttelte den Kopf und hielt es Adler hin, der es verwirrt wieder zurücknahm. Der stehende Polizist rieb die beiden Zeigefinger aneinander und zeigte schließlich auf den Kollegen, der reglos am Boden lag.

Langsam kapierte Werner, dass er Grubmüllers Finger benötigte, um das Telefon zu aktivieren. Trotz stechender Schmerzen rutschte er zu ihm hin, hob dessen Hand an und reinigte den fremden Zeigefinger an der Hose. Die Aktivierung klappte, und schließlich konnte der Chefinspektor telefonieren. Was er sprach, verstand Werner nicht, da es immer noch in seinen Ohren surrte. Er krabbelte weiter und zog sich auf eine Box, die als Sitzfläche diente. Nun erst war er fähig, seine Gedanken zu sammeln und zu verstehen, was da eben passiert war.

Das brennende Boot trieb weiter nach Süden ab. Vom Land aus drangen Stimmen zu ihm durch. Mehrere Personen waren ans Ufer gelaufen. Jemand stapfte durch das seichte Wasser auf Gassner zu. Nahm ihn am Arm, um ihn ins Trockene zu bringen.

Für Adler drehte sich die Welt, und er sah, wie Trattler, der seit geraumer Zeit im See gestanden hatte, hinter der Wand des Polizeibootes verschwand.

KAPITEL 24 – SONNTAG, MORGEN

Palmsdorf

Die drei Frauen saßen auf der Terrasse unter dem Balkon, von wo aus man den See nicht sehen konnte, im Gegensatz zum Balkon über ihnen.

Eingekuschelt in Decken, lümmelten sie auf einer alten massiven Eckbank, die Veras Vater vor unzähligen Jahren mit einem Windfang auf der Terrasse verbaut hatte. Die Sitzfläche war so breit, dass die Hausherrin hier oftmals ein Schläfchen hielt. Früher war dieses Möbel das Herzstück des Wohn- und Gästezimmers gewesen.

Marmelade, Käse, ein paar frisch aufgebackene Brötchen auf alten Gmundner-Keramik-Tellern zierten den Tisch, dem Vera etwas von seiner ursprünglichen Höhe genommen hatte, um ihn auch im Liegen benützen zu können.

Natascha füllte die japanisch anmutenden Teetassen nach, die nicht mit dem traditionellen grün gestreiften Geschirr aus dem Salzkammergut harmonierten. Vera hatte seit dem Ableben ihrer Eltern nur entsorgt, was nicht mehr zu gebrauchen gewesen war. Das Sammeln beziehungsweise Ergänzen zusammengehöriger Sets und Services schien ihr als alleinige Hausbewohnerin unnötig. Die hausfrauliche Sammelleidenschaft, die ihre Mutter gepflegt hatte, war ihr fremd. Nein, sie hasste sie sogar, denn sie hatte stets aufpassen müssen, dass nichts zerbrach oder angeschlagen wurde.

Helena fand die beiden Frauen sympathisch, auch wenn Werners Tante sie an ihre eigene Großmutter erinnerte.

Diese mochte keine Kinder, war immer sehr bestimmend und mürrisch. Wahrscheinlich war es Veras direkte Art, die sie leicht irritierte.

Wie überall, wenn Leute versuchen, sich kennenzulernen, plauderten die drei vorerst über Belangloses.

Vera erzählte kurz von ihren Eltern, der Entstehung des Hauses und von ihrer Zeit als Lehrerin. Helena berichtete, dass sie schon mit ihrem Sohn telefoniert habe, dass es ihm viel besser gehe und er leider sein Percy-Jackson-Buch nicht habe mitnehmen können. Ihm sei furchtbar langweilig. Natascha hielt sich bei dem Gespräch zurück. Sie antwortete stets, wenn eine Frage direkt an sie gestellt wurde. Dafür übernahm sie die Rolle einer Frühstücksdame, die ältere Menschen an die goldenen Tage der Sommerfrische erinnert hätte. Vera fand es amüsant und goutierte es mit einem Lächeln.

Helena wusste von Werner, dass die Hubingers eine alteingesessene Attergauer Familie waren. Sie nahm sich vor, Vera zu fragen, ob sie eine Vermutung habe, wer der Franz Atterlímni gewesen sein könnte.

Nach der zweiten Tasse Kaffee preschte sie vor: »Vera? Darf ich dir ein kleines Geheimnis verraten und dich was fragen?«

Die ältere Frau blickte überrascht auf, sah zu Natascha und nickte zustimmend: »Natürlich, du darfst mich fast alles fragen. Nur mit welchen Männern und Frauen ich in meinem langen Leben geschlafen habe, verrate ich niemandem.« Ein verschmitztes Lächeln begleitete diese Antwort.

Natascha richtete sich auf. »Dann lasse ich euch allein. Das Ganze geht mich sowieso nichts an. Soll ich noch mal Kaffee aufstellen?«

Helena berührte sie kurz am Arm. »Danke, Natascha, eine Tasse Kaffee würde ich tatsächlich trinken. Aber du kannst von mir aus gern zuhören. Es geht um familiäre und nicht um intime Dinge.«

Die junge Freundin nahm die leeren Schalen und verschwand im Eingang zum Wohnzimmer, während Helena mit einer Kurzfassung der Geschichte ihres Großvaters begann.

Vera nahm eine Zigarette aus einem Lederetui, das dem beim Haus in Attersee ähnelte. Sie streckte Helena einen Glimmstängel entgegen, den diese annahm.

Natascha kam mit zwei Kaffeetassen heraus und stellte sie auf dem Tisch ab. Vera trank abwechselnd einen Schluck Tee und Kaffee.

Je länger die Frau mit den bezaubernden roten Haaren von ihrem Großvater berichtete, desto unwohler fühlte sich Natascha. Sie fand nicht mehr die Ruhe, sich wieder in die Decke zu hüllen und die Füße gelassen auszustrecken. Sie ahnte Schreckliches, entwickelte plötzlich ein Gefühl von Verantwortung für ihre ungewollt erworbenen Ahnen. Sie war sich sicher, dass ihr neu entdeckter Großvater der Franz Atterlímni war, den Helena suchte. Dieses Monstrum, dieser Kriegsverbrecher, das Scheusal. Sie kämpfte mit den Tränen, wollte sich nicht verraten und stand auf. Ein paar unverständliche Worte murmelnd, verschwand sie erneut im Haus.

In der Küche flossen die Tränen. Sie hätte am liebsten ihren Zorn über ihr Unvermögen, das Geschehene rückgängig zu machen, in den Garten hinausgeschrien.

Wo hatte Vera die Plastiktasche mit dem Ordner hingestellt? War es nicht besser, die Briefe sofort zu verbrennen, damit niemand mehr von den schrecklichen Taten erfahren würde? Damit wären auch die Beweise für ihre Verwandtschaft mit dieser ungeheuerlichen Sippe vernichtet.

Nachdem sie die Küche abgesucht hatte, weitete sie die

Suche im Wohnzimmer aus. Verrückte jeden Stuhl, kniete vor dem Tisch und dem Sofa. Durfte sie in den Schränken und Schubladen nachsehen?

Plötzlich stand Vera neben ihr, nahm sie bei der Hand und führte sie in die Küche zurück.

»Wo hast du die Briefe versteckt? Wir müssen sie sofort vernichten! Hörst du?«

»Natascha …«

»Bitte gib sie mir. Helena soll nicht erfahren, dass mein Großvater ihren Verwandten getötet hat! Wo sind sie?«

Unruhig und gehetzt lief Natascha in dem schmalen Raum hin und her.

»Natascha …«

»Es ist mir egal, nein, es muss mir sogar egal sein. Ich will das alles nicht. Verstehst du? Ich hab mit denen da draußen nichts am Hut!« Natascha schrie laut, wieder kamen ihr die Tränen.

Vera griff zärtlich in ihren Nacken und zog sie zu sich heran. Zuerst versuchte die junge Frau, sich wegzudrücken, dann ließ sie es geschehen und weinte bitterlich an der freundschaftlichen Schulter.

Vera flüsterte mit beruhigendem Ton: »Ich weiß, Natascha. Das ist wirklich zu viel für dich und dein junges Leben. Da hätte ich alleine auch schon Probleme. Wir stehen das beide gemeinsam durch. Helena hat alles aufgegeben, um den letzten Willen ihres Großvaters zu erfüllen. Ich finde, sie hat das Recht, die Wahrheit zu erfahren. Meinst du nicht auch?«

Die beiden Frauen lösten sich voneinander. Natascha schniefte, fuhr sich mit der Hand über das nasse Gesicht. Vera hielt ihr in Ermangelung eines Taschentuches ein frisch gewaschenes Geschirrtuch hin, das mit mehreren Zitronen bedruckt war.

»Ich habe Helena die mit Schreibmaschine getippten Briefe zum Lesen gegeben und sie ein paar Minuten allein gelassen. Komm mit, dann erzählst du ihr deine Geschichte. Glaub mir, sie wird dich verstehen.«

Natascha nickte stumm und folgte ihrer Freundin, die wieder auf die Terrasse trat, wo Helena ihnen entgegenblickte, ebenfalls mit verweintem Gesicht und dankendem Kopfnicken.

KAPITEL 25 – SONNTAG, VORMITTAG

Auf dem Attersee

Wasser klatschte gegen die Außenbordwand des Polizeibootes. Der Motor heulte und trieb das Gefährt in größtmöglicher Geschwindigkeit über den Attersee. Abgesehen von ein paar harmlosen Kratzern auf dem Lack, vor allem außen, war es von der Explosion weitgehend unbeschädigt geblieben. Was leider auf die Insassen nicht zutraf.

Kollege Grubmüller war nach Eintreffen des Notarztes und des Rettungswagens immer noch bewusstlos im Boot gelegen. Niemand hatte sich getraut, ihn wegzubewegen. Selbst die herbeigeeilten Helfer der wenigen umliegenden Häuser hatten ihn so liegen lassen wollen, bis ärztliche Hilfe eingetroffen war.

»Immerhin atmet er noch«, hatte ein Hobbyfischer mit Strohhut in einem Miniruderboot gemeint, ehe er nach der allgemeinen Begutachtung in Seelenruhe weitergerudert war.

Während der Bewusstlose abtransportiert wurde, waren zusätzliche Sanitäter an der Arbeit gewesen, die Verletzten zu behandeln. Stefan Gassner und Chefinspektor Trattler hatten ebenfalls beträchtliche Verletzungen davongetragen, was einen sofortigen Abtransport ins Krankenhaus erfordert hatte.

Werner Adler, der an diesem Sonntag vom Urlaub beurlaubt war – Polizisten waren bei Gefahr von Leib und Leben immer im Dienst –, hatte sich standhaft geweigert, ins

Salzkammergut-Klinikum gebracht zu werden. Der Splitter in seiner Seite war nicht tief eingedrungen, der starke Stoff der Uniform hatte dies verhindert. Ein Arzt hatte das Holzstück entfernt und die Wunde gereinigt und verbunden. Die kleinen oberflächlichen Blessuren an der Haut wurden nur gereinigt und desinfiziert. Dem Notarzt hatte er gestanden, dass es in seinen Ohren pfeife und er alles wie durch Watte gefiltert höre. Der Mediziner hatte ihn gebeten, ins Klinikum mitzukommen.

Werner hatte entgegengehalten: »Ich bin im Moment der einzige einsatzfähige Polizist hier am Tatort. Ich muss mit dem Boot auf die andere Seite des Sees! Und zwar schnell! Ich verspreche, ich werde mich später in der Ambulanz melden!«

Das Ärzteteam hatte sich letztendlich überzeugen lassen. Über sein Diensttelefon, das immer noch gut verstaut im Boot lag, gab er seinem Posten in Schörfling Bescheid und bat um Unterstützung vom Land aus. Obwohl er kaum verstehen konnte, welche Worte aus dem Lautsprecher des Telefons kamen, hatte er mit überlauter Stimme gesprochen und seinen Bericht mit letzten Informationen abgeschlossen: »Ich fahre mit dem Motorboot auf die andere Seite. Der tote Mann kam vom Gasthof ›Seebauer‹ herüber. Schickt mir bitte einen Kollegen hin. Kann sein, dass ich dort Hilfe brauche. Ich kann euch leider nicht verstehen, in meinen Ohren saust es wegen der Explosion. Ich lege jetzt auf und fahre los.«

Während der Überfahrt versuchte er, seine Gedanken in die richtigen Bahnen zu lenken. Das explodierte Boot gehörte zu dem erwähnten Gasthof zwischen Nussdorf und Unterach. Der Bootsname Adhara, den er auf den zerfetzten Teilen des Wracks hatte lesen können, wies ihn darauf hin. Er selbst hatte schon einmal bei einer privaten Geburtstagsfeier unter Kollegen das Boot gesteuert. Adhara war der Name einer nixenhaften Sagengestalt des Sees. Er kannte beinahe jedes Boot am See, das mit einer Wassertaxiberechtigung fuhr, von den Verkehrskontrollen, die er von Zeit zu Zeit am Wasser durchführte.

Werner konnte am Telefon zwar den Gasthof benennen, doch der Name des Wirtes fiel ihm nicht ein. Die Explosion hatte anscheinend auch sein Hirn vernebelt. Viele Gedankenfetzen hielten im Moment ein Speedrennen in seinen Gehirnwindungen ab. Er hatte Probleme, sich auf die dringliche Sache zu konzentrieren. Anderes drängte sich vor.

Wo war Helena? War sie inzwischen zu ihrem Sohn ins Krankenhaus gefahren? Nein. Zuerst wollte sie nach Palmsdorf zu seiner Tante. Allein, da er Dienst eingeschoben hatte. Es war sehr viel passiert in den letzten zwei Tagen. Gerne hätte er den Motor abgestellt und sich in Ruhe seinen psychohygienischen Ritualen hingegeben. Doch es war keine Zeit zu verlieren und außerdem musste er wieder eine neue Packung Gummibärchen kaufen. Vom Whisky war noch eine halbe Flasche da. Die Kollegen hatten sie nicht entdeckt.

Mit der Handfläche drückte er mehrmals fest auf seine Ohren und zog sie schnell wieder weg. Er hoffte, durch die Druckentlastung das Surren und Pfeifen herausziehen zu können. Der Lärm des Motors verhinderte eine Linderung der Störgeräusche.

Endlich näherte er sich dem Ufer. Vom Wasser aus erspähte er, dass sich an den verschiedensten Seegrundstücken Personen befanden, die auf die andere Seite blickten. Die Dunstfelder hatten sich aufgelöst, und dort, wo der Brand auf dem Boot von Feuerwehrleuten gelöscht worden war, hingen dunkle Rauchwolken. Werners rasante Fahrt erregte Aufsehen.

Am Steg beim Gasthof Seebauer halfen ihm zwei Männer, das Boot anzulegen. Etwas wackelig auf den Beinen, warf Werner ihnen das Seil zu und einer der Männer vertäute es mit einem Kopfschlag an der Klampe.

Der zweite Mann war der Wirt, von den Bewohnern am See nur kurz »Fischer-Veit« genannt. Jetzt, wo er ihn sah, fiel ihm der Name wieder ein. Den anderen Mann kannte Werner nicht.

»Grüß dich, Kiwara. War das mein Boot, das da in Flammen aufgegangen ist?«

Den Ausdruck hörte Werner ungern, doch bei einigen Leuten ließ er es zu, da sie ihn nicht abschätzig verwendeten.

Der Wirt hielt ihm die Hand hin, um ihm eine Stütze beim Aussteigen zu geben, da er wohl bemerkt hatte, dass der Polizist etwas schwankte.

Kaum auf den Holzplanken angekommen, musste sich Werner nochmals setzen, um Luft zu holen und seinen Schwindel zu bekämpfen. Atemlos stotterte er: »Veit! Wer … Wer ist mit deinem Boot rausgefahren? Es ist … explodiert! Ja … Schau nicht so … Wir müssen es sofort wissen! Also wer?«

Fischer-Veit warf dem zweiten Mann einen fragenden Blick zu. Die beiden wechselten ein paar Worte, die Revierinspektor Adler nicht verstehen konnte, als er sich mühsam aufrappelte.

Der Wirt zeigte auf den anderen und sprach mit lauterer Stimme: »Das ist der Milan, mein Kellner. Dem sein Freund, der Luca, ist damit gefahren. Zum Fischen. Ist er hin?«

Langsam besserte sich Werners Gehör, trotzdem musste er nochmals nachfragen. »Wer ist hin? Was hast du gesagt? Ich bin noch ganz taub von der Explosion.«

»Der Luca ist damit gefahren. So ein junger Depp aus der Gamperer Gegend. Ein Freund von meinem Kellner, dem Milan. Der da!«

Und wieder zeigte er auf seinen Angestellten, der betreten und unsicher herumstand.

»Sind beide hin?«

»Ja, der Fahrer des Bootes ist tot. Es hat ihn mitsamt deiner Adhara zerfetzt. Eine enorme Detonation!« Er wandte sich mit polizeilicher Ernsthaftigkeit an den betroffen blickenden Milan. »Du bist der Kellner und ein Freund von dem … Wie heißt er … äh… hieß er?«

»Luca«, gaben beide Männer gleichzeitig von sich. Keiner machte Anstalten, den Steg zu verlassen.

»Wieso ist er mit eurem Schiff gefahren?«

Milan antwortete mit leichtem Balkanakzent: »Der Luca ist an manchen Sonntagen sehr früh zum Fischen rausgefahren. Als Dankeschön hat er meistens ein paar Fische dagelassen, wenn er genug erwischt hat.«

Fischer-Veit mischte sich ein. »Was der Tschusch nicht gesagt hat, ist, dass dem sein Freund ein depperter Nazi ist … war. Weißt eh, glatzert, Stiefel an den Füßen und dumm in der Birne. Aber harmlos. Darum habe ich ihm erlaubt, mit meinem Boot rauszufahren. Hat ja immer geklappt. Doch warum das explodiert ist, verstehe ich nicht.«

Der Fischer-Veit war ein über 70-jähriger Mann mit hufeisenförmigem Resthaarwuchs von Ohr zu Ohr und mit reichlich von Bier und Speisen genährtem Bauch. Seit undenklich langer Zeit führte er seinen Gasthof, der vor allem in den Sommermonaten stets überfüllt war. Er nahm kein Blatt vor den Mund und verwendete ohne Bedenken und böse Absichten Ausdrücke, die der heutigen »Political Correctness« nicht entsprachen. Deshalb nannte er seinen serbischen Kellner manchmal Tschusch oder Jugo.

»Kommt, gehen wir rauf ins Wirtshaus. Der Milan macht uns ein Frühstück, dann können wir in Ruhe weiterreden.«

Beim Hinaufgehen wandte sich Werner an den Kellner: »Weißt du, wie der Luca mit Nachnamen heißt? Und wo er wohnt? Ist er mit dem Auto hierhergekommen?«

Als würde er sich genieren, rückte Milan vorsichtig mit den Antworten heraus. »Nein, ich kenne ihn nur mit Namen Luca. Wohnt in einem Dorf bei Gampern. War einmal dort, weiß nicht mehr genau, wo. Mögen Sie ein weiches Ei?«

»Was mag ich? Ein Ei?«

»Na, zum Frühstück. Viele Leute essen Eier am Morgen.«

Werner lachte. »Ja, gern. Ein weiches Ei für meine weiche Birne. Besser geht nicht. Ist der Luca mit dem Auto da?«

Milan sah suchend herum. »Weiß nicht. Mal schauen!«

Der Wirt warf ein: »Da steht es. Hinter dem Bankerl, da beim Baum.«

An der betreffenden Stelle stand der Opel Corsa, zu dem sich der Revierinspektor mit etwas unsicheren Schritten begab. Er betätigte den Türgriff und stellte fest, dass der junge Mann ihn nicht abgesperrt hatte. Im Fond des Wagens waren neben alten Turnschuhen, einer Flasche Mineralwasser und einem Bajonett aus dem Zweiten Weltkrieg nichts Aufregendes zu entdecken. Nicht einmal der Fahrzeugschlüssel, ein Führerschein oder ein Ausweis. Im Kofferraum, der ebenfalls einfach zu öffnen war, wurde er fündig. Er entdeckte in einem hölzernen Kästchen ein Päckchen einer weißen Substanz, eingewickelt in durchsichtiger Plastikfolie. Gerade so groß, dass man es in die Hosentasche schieben konnte. Ein Warndreieck, ein Verbandskasten, dessen Zeit sicherlich vor Langem abgelaufen war, und ein winziges rundes Ding, das Werner bekannt vorkam. Er steckte es ein.

In diesem Moment wurde er auf ein blaues Licht aufmerksam, das von einem Polizeiwagen stammte, der auf den

Parkplatz des Gasthofes einfuhr. Seine Kollegen. Er würde sie bitten, den Wagen sicherzustellen und zu eruieren, auf wen das Fahrzeug zugelassen war. Das dauerte meistens nur wenige Minuten, nach denen sie über das Diensttelefon die Daten übermittelt bekämen.

Als er auf den Dienstwagen zuging, wurde ihm plötzlich schummrig, er knickte ein und sank in Zeitlupentempo in das feuchte Grasstück, das sich rund um das hölzerne Sitzbänkchen bis zum Gästeparkplatz zog.

Robert Preuner sah durch die Windschutzscheibe zu, wie sein Kollege und Freund zu Boden ging. Bevor er aus dem Wagen sprang, um ihm zu helfen, wählte er die Notrufnummer.

Werner Adler kam wieder zu sich und wurde von zwei Uniformierten gestützt zum Gasthof begleitet. Niemandem fiel auf, dass sich Milan an dem Inhalt des offenen Kofferraumes bediente. Er tat so, als wolle er nur den Deckel schließen, was jeder Autofahrer in dieser Situation getan hätte. Das Päckchen verschwand in seiner Hosentasche, unter der Kochschürze, die er inzwischen übergezogen hatte.

KAPITEL 26 – SONNTAG, SPÄTER VORMITTAG

Palmsdorf

»Und der Neonazi ist angeblich auch mit ihm über drei Ecken verwandt. Sonst gibt es anscheinend niemanden mehr. Ich wünschte, ich hätte das alles nie erfahren. Es ist so schlimm!« Natascha schniefte und beendete ihre Erzählung, bei der Helena aufmerksam zugehört und sie ab und zu mit Zwischenfragen unterbrochen hatte.

Vera, die beide allein gelassen hatte, genehmigte sich ausnahmsweise am Vormittag ein paar Züge eines Joints, den sie aus dem Klofenster im oberen Stockwerk rauchte. Die brennende Glut schnitt sie mit einer Schere ab, um nicht unnötig Gras zu verschwenden.

Sie fand es spannend, dass zwei Frauen aus unterschiedlichen Welten durch ihre Ahnen mit dermaßen tragischen Geschichten verbunden waren. Stoffe, die sie gerne in opulenten Romanen las.

Sie war sich nicht sicher, ob sie den beiden eröffnen sollte, dass sie mehr über den Franz Atterlímni alias Selchgruber wusste oder ob sie vorerst noch mehr recherchieren sollte.

Als sie mit dem Joint fertig war, trat sie mit zwei Schnapsgläsern und einer Flasche, die ihr vor längerer Zeit zu irgendeinem Anlass geschenkt worden war, auf die Terrasse.

»So, ihr beiden. Genug der alten Geschichten. Es gibt zwar nichts zum Feiern, aber ihr habt einen Grund anzustoßen. Nämlich auf eure Freundschaft, die soeben begonnen hat. Und ihr solltet euch diese nicht durch das vergangene Geschehen zerstören lassen.«

Auf beiden Gesichtern waren Spuren von Tränen und eine besorgniserregende Ergriffenheit zu bemerken.

Vera öffnete die Flasche, goss den Nussschnaps in die Stamperl und überreichte sie mit aufmunternd gehobenen Augenbrauen den neuen Freundinnen.

Helena zwang sich zu einem Lächeln und fragte: »Und du? Stößt du nicht mit uns an?«

»Ich mache das mit meinem Tee. Ich trinke keinen Alkohol! Schon seit ewiger Zeit nicht mehr! Auch den Nussschnaps schlage ich aus, selbst wenn er hier als Medizin gilt.«

Vera setzte sich zu ihnen. »Helena, wir haben die Handynummer von diesem Nazijungen. Ich weiß ja nicht, ob du ihn über deinen Großvater aufklären möchtest. Und ob es überhaupt Sinn macht.«

Die Angesprochene griff sich mit einer Hand in die struppigen Haare und zog die Finger nach unten, als wären sie die Zinken eines Kammes. Bei kleinen Verfilzungen blieb sie hängen und zog mit beiden Händen ihre Haarbüschel auseinander. Sie machte das mit einer Selbstverständlichkeit und Kraft, dass Natascha alleine beim Zusehen die Kopfhaut schmerzte.

Die Griechin überlegte, ließ viele Sekunden wortlos verstreichen, nickte sachte und antwortete: »Das ist eine gute Idee. Womöglich können wir den jungen Mann zum Nach- oder sogar Umdenken bewegen. Er hat die Briefe sicher nie gelesen. Darf ich ihn zumindest diese beiden lesen lassen?«

Natascha holte tief Luft, um ihr zu sagen, dass sie die Schriftstücke behalten könne, dann kam ihr in den Sinn, dass Vera vorhatte, alle zusammen für die Nachwelt in lesbare Form zu transkribieren.

»Du kannst sie gerne kopieren. Doch wie wollt ihr den Kerl so weit bringen, sich auf das einzulassen? Der zeigt euch den Mittelfinger und heißt euch alte Schachteln, wenn er freundlich ist.«

Helena leerte das Stamperl und stierte in eine undefinierbare Weite. »Ich bin doch mit einem Polizisten mehr als nur befreundet. Werner wird uns helfen herauszufinden, wo er wohnt. Ich werde ihn dann besuchen. Oder vielleicht vorher einen Brief schreiben. Damit fühlt er sich nicht gleich genötigt, sofort in Angriffsstellung zu gehen.«

Vera stimmte ihr zu. »Wenn du willst, begleite ich dich. Ich hab ihm bereits einmal angedroht, seine Hoden zu zerquetschen. Und er weiß, dass ich es damit ernst meinte.«

»Du hast was?«

Vera und Natascha erzählten abwechselnd von den humorvollen Szenen mit den dummen Nazijungen. Ausgeschmückt mit kleinen Details, von denen jeweils die andere nichts mitbekommen hatte oder die ganz einfach erfunden waren. Was egal war, denn die Geschichte diente dem Amüsement der Frauenrunde.

KAPITEL 27 – SONNTAG, FRÜHER NACHMITTAG

Vöcklabruck

Endlich wurde Helenas Anruf angenommen. Die Freisprechanlage ließ sie die Stimme ihres Lieblingspolizisten hören. Sie war mit dem Wagen unterwegs ins Klinikum nach Vöcklabruck, um ihren Sohn zu besuchen. Bevor Werner etwas sagen konnte, preschte sie vor: »Werner, warum hebst du nicht ab? Ich habe x-mal versucht, dich zu erreichen. Ich brauche …«

Der Polizist, der sich im selben Haus wie ihr Sohn befand, unterbrach sie: »Helena, ich bin …«

»Werner, du wirst es nicht glauben, was ich bei deiner Tante erfahren habe. Übrigens eine wirklich nette Frau. Also, sie …«

»Helena, kannst du mir bitte mal kurz zuhören. Ich muss dir auch was mitteilen.«

»Ja, ich weiß. Natascha, eine junge Studentin, und …

»Helena, ich bin im Krankenhaus!«

»… und Vera haben mir Briefe gezei… Wo bist du?«

»Im Krankenhaus.«

»Bei Alexandros? Wieso hast du nicht auf mich gewartet? Wir wollten doch …«

»Nein, mein Schatz. Ich bin nicht bei ihm. Ich liege in der Unfallambulanz. Ich bekomme …«

»Was machst du dort? Hast du jemanden dorthin begleitet?«

»Nein, hör mir bitte einfach mal zu. Ich bin hier als

Patient, bekomme gerade eine Infusion und kann in ungefähr einer Stunde wieder weg. Wenn du …«

»Was ist passiert? Kann ich dich denn nie alleine lassen, ohne dass du in irgendeinen Schlamassel gerätst?«

»Bist du schon hier im Haus?«

»Ich parke gerade das Auto, bin gleich bei dir!«

Sie suchte ihn und bog ein paar Minuten später ums Eck.

Nach dem Abtransport durch den Rettungswagen des Roten Kreuzes, bei dem Werner wieder bei Sinnen gewesen war, war er von den Sanitätern in die Unfallambulanz des Krankenhauses gebracht worden. Eine Computertomografie sollte klären, ob schwerere innere Verletzungen vorlagen. Da er sich geweigert hatte, stationär aufgenommen zu werden, verbrachte er die Zeit bis zur Diagnose auf einer fahrbaren Krankenliege im Wartebereich. Er lag zwischen Wartestühlen, einem Garderobenständer und einem Getränkeautomaten mit einer Infusionsnadel im Arm und einer Flasche mit durchsichtiger Flüssigkeit über sich. Leider konnte er sich nicht weit genug hinüberlehnen, um eine Cola aus dem Automaten zu lassen. Jemanden zu fragen, traute er sich nicht. Es genügte schon, dass er in Uniform dalag wie auf dem Abstellgleis und jeder Vorbeikommende ihn betrachtete, als wäre er als Polizist verkleidet, sturzbetrunken von einem Faschinggschnas hergebracht worden.

Jede Menge Verletzte und ihre Begleitpersonen waren an seiner Liegestatt vorbeigezogen. Manche wurden von Sanitätern nur abgegeben. So wie er. Ein Stück Leben auf einer rollenden Liege oder im Rollstuhl. Klar, dass es so war, doch kam es ihm als Zuseher erniedrigend vor. Obwohl selber auf dem Präsentierteller, hatte er die beste Sicht auf den Gang und den Wartebereich vor dem Anmeldeschalter, wo alle durchmussten, sofern sie imstande waren, sich irgendwie zu artikulieren. Die freundliche Dame hinter der Absperrung stellte den Patienten Fragen, die Antworten waren meist nur heraussprudelnde Worte. Ohne Zusammenhang und Sinn. Zu mehr war er selbst auch nicht fähig gewesen.

Er hatte Helena nicht sofort bemerkt, erst als sie ihn am Arm berührte. Sie drückte auf das Pflaster in seiner Armbeuge.

»Was ist los? Warum liegst du hier mutterseelenallein in diesem Eck?«

Werner versuchte, der Griechin im Flüsterton kurz die Lage zu schildern, was nur unzureichend gelang, da die Geräuschkulisse um sie herum zu geschäftig war.

Er endete mit den Worten: »Deshalb musst du mich mitnehmen. Ich warte nur noch auf die Diagnose, dass mit mir so weit alles in Ordnung ist. Wenn die Sache vorbei ist, dann können sie mit mir machen, was sie wollen. Doch das kann nur ich aufklären.«

Helena merkte, dass Werner aufgeregt war, geradezu gestresst, dieses Gebäude wieder verlassen zu dürfen. Sie versuchte, ihn zu beruhigen, und küsste ihn auf die Stirn.

»Ich komme gleich wieder. Ich besuche jetzt Alexandros, während du an deinem Fläschchen nuckelst. Beruhig dich erst mal. Ich werde mit den Ärzten reden. Alles klar?«

Schon war sie weg. Er hatte sie eigentlich um eine Cola bitten wollen. Eigentlich …

Er hätte gerne jemanden gefragt, wie es seinen zwei verletzten Kollegen ging, die mit an Bord gewesen waren und ebenfalls in der Klinik lagen. Doch als Patient, der nicht gewillt war, sich stationär aufnehmen zu lassen – entgegen allen ärztlichen Ratschlägen –, hatte er seinen Hilflosigkeitsbonus verloren. Die Infusionsflasche würde bald leer sein, in höchstens 20 Minuten. So blieb ihm nichts anderes übrig, als weiterhin die Abläufe der Aufnahme von eintreffenden Patienten zu beobachten. Da erklang ein Ton aus seinem Diensthandy. Er hatte beide Mobiltelefone in der Hosentasche. Eines links, eines rechts. Er nahm das eine heraus und sah, dass eine SMS eingetroffen war.

»Haben deine Yogamatte hier. Muss heute Nachmittag nach Unterach. Fahre durchs Weißenbachtal. Können uns beim Jägerwirt treffen, wenn du willst. Chisi!«

Ava, die Yogalehrerin, hatte tatsächlich die Matte zur Polizeistation in Altmünster mitgebracht. Das führte sicherlich zur Belustigung der diensthabenden Beamten. Er konnte sich gut vorstellen, dass einige seiner Kollegen eine spektakuläre Position für ein Selfie darauf einnahmen. Er beabsichtigte, das Stück vor der Erstanwendung gründlich zu reinigen.

Werner beantwortete die SMS: »Gerne. Wann wirst du da sein? Kann erst am späten Nachmittag oder am Abend!«

Es dauerte nicht lange und die Antwort erschien:

»Kein Problem, vielleicht so zwischen 17.00 Uhr und 17.30 Uhr?«

»Danke, melde mich!«

Als Nächstes folgte ein Telefonat mit seinem Freund Robert Preuner, das im Flüsterton geführt wurde. Er wollte die anderen Patienten und Wartenden nicht an seinem Missgeschick teilhaben lassen. Anschließend führte er noch zwei weitere dienstliche Telefongespräche.

Werner wusste, dass die letzten zwei Tage ihm viel abverlangt hatten, und schlief kurz nach den Gesprächen ein. Das Handy lag auf seiner Brust. Die Flüssigkeit der Infusion tropfte weiterhin ruhig in den Schlauch, der zu seinem Arm führte.

Er schlief tief und fest. Bekam nicht mit, wie ein älterer Mann in einem gestreiften Schlafmantel zu seiner Liege trat, ihm einige Sekunden ins Gesicht blickte, dann sein Diensthandy ergriff und es einsteckte. Er drehte sich um und ging ums Eck, wo sich der Ausgang der Unfallambulanz befand. Eine junge Frau, die Begleitung von jemandem, der sich den halben Daumen weggefräst hatte, stand auf und folgte dem Mann. Einem auf dem Gang wartenden Krankenpfleger erzählte sie, was sie soeben beobachtet hatte. Es dauerte keine drei Minuten und das polizeiliche Mobiltelefon war wieder bei seinem schlafenden Besitzer. Es wurde behutsam zwischen Arm und Oberkörper platziert, ohne ihn aufzuwecken. Werner bemerkte nicht, dass er ein paarmal nichts ahnend von anderen Spitalsbesuchern fotografiert wurde. Einige konnten an diesem tollen Motiv nicht vorbei, ohne auf den Fotoauslöser ihrer Smartphones zu drücken.

KAPITEL 28 –
SONNTAG, NACHMITTAG

Attersee am Attersee

Die MS Weyregg, wie eines der Schiffe am Attersee hieß, legte ab. Entfernte sich vom Landungssteg in Attersee und legte an Fahrt zu. Natascha hatte sich von Vera zu der Bootsfahrt überreden lassen. Es war der erste Sonntag in diesem Jahr, an dem die Schifffahrt auf dem See wieder ihren Betrieb aufnahm. In Attersee, dem Startpunkt des nördlichen Rundkurses, waren nicht einmal zehn Personen zugestiegen. Das Wetter war zu kalt, und ob sich die Sonne mit all ihrer Kraft zeigen würde, konnte man am Attersee nie voraussagen. Natascha wollte nicht oben an Deck sitzen, so nahmen die beiden Frauen im unteren Salon an einem Tisch Platz. Sie erspähten die Rückseite des unseligen Hauses, in dem sie am Tag zuvor mit dem unsäglichen Nazi-Kerl zu tun gehabt hatten.

»Ich werde das Gebäude verkaufen. Ich will damit nichts zu tun haben. Weißt du, wie man das macht? Ich habe keine Ahnung davon.«

Vera Hubinger gab einer Kellnerin ein Zeichen, dass sie etwas bestellen wollten.

»Liebes Kind, da gibt es die verschiedensten Möglichkeiten. Das Einfachste wäre, du gibst es einem Immobilienbüro. Die zwacken dir zwar eine ordentliche Stange vom Verkaufspreis ab, aber dafür musst du dich um fast nichts kümmern. Und glaub mir, für dieses alte Haus bekommst du nicht wenig Geld. Es liegt direkt am See, hat zwar ein geringes Uferstück, aber trotzdem.«

Natascha bettete ihren Kopf auf den Armen, die auf der Tischplatte lagen, und schloss erschöpft die Augen. »Und du hilfst mir dabei? Nicht wahr? Vera, du bist das einzige Gute, das mir bisher hier in der Gegend widerfahren ist.«

Die Kellnerin war zu ihnen getreten. »Was woin S'?«

Natascha hob den Kopf und sagte: »Für mich ein Glas Wein.«

Nicht ganz gastfreundschaftlich wollte die Kellnerin wissen: »An G'spritzn oder a Stifterl? Offenen Wein hama erst, wenn die Saison richtig anfängt. Rot oder weiß?«

Vera merkte, wie mühsam die Konversation für ihre junge Freundin war. Sie übernahm das Kommando. »Wissen S' was? Bringen Sie uns bitte zwei Kaffee. Mit einem Glas Wasser, wenn möglich.«

»Also keinen Wein?«

»Nein, Kaffee. Danke! Und vielleicht geht's nächstes Mal ein bisschen netter. Denn wir sind hier Gäste, nicht Sie.«

Mit einer abschätzigen Handbewegung verscheuchte Vera die Bedienung. Der Kaffee wurde von einer jüngeren und netteren Kollegin zum Tisch gebracht. Während der Fahrt auf die Ostseite des Sees sprachen die beiden wenig, jede hing ihren Gedanken nach und blickte auf das Wasser hinaus, an dem man sich nicht sattsehen konnte.

In Weyregg warteten mehrere Personen auf dem Steg, die vermutlich zusammengehörten. Sie strömten an Bord, und sofort war klar, dass es sich um eine Geburtstagsgesellschaft handelte, die im oberen Deck den Salon gebucht hatte. Die Jubilarin war eine alte Dame, bewaffnet mit einem ungewöhnlich schönen Stock. Sie wurde zur Stiege nach hinten geleitet.

»Servus, Nasti.«

Überrascht fuhr Natascha hoch. Aus ein paar Metern Entfernung winkte ihnen ein männlicher Gast zu, ungefähr in Nataschas Alter. Vera begrüßte er mit einem einfachen Grüß Gott. »Geht's dir wieder gut, Nasti? Ich muss los, zu meiner Oma, 80er, du weißt schon.« Er deutete zur Decke hinauf. »Vielleicht sehen wir uns mal. Wäre schön. Meine Nummer hast du ja hoffentlich noch.« Er nickte ihnen nochmals zu, drehte sich um und folgte dem Rest der Feiergäste.

Bevor Vera fragen konnte, wer das gewesen war, ächzte ihre Freundin und ließ erneut den Kopf auf die Tischplatte sinken. Dieses Mal aber ohne Auflage der Hände. Es hätte nicht viel gefehlt und sie hätte sich selbst eine Beule verpasst. »Mir bleibt auch gar nichts erspart. Bitte, lieber Gott, mach den Boden auf und lass mich versinken. Ich halt das nicht mehr aus.«

Vera sah sie verwirrt an und nahm eine blonde Haarsträhne aus ihrer Kaffeetasse, die sich dorthin verirrt hatte.

Natascha kam nicht darum herum, ihr zu erzählen, dass der junge Mann Rudi hieß und einer ihrer ersten Freunde hier am See gewesen war. Dass sie ihn aus ganz bestimmten Gründen nicht mehr sehen wollte, erklärte sie nur unzureichend. Er habe sie im Stich gelassen und sie wolle sich nicht erneut das letzte Jahr in Erinnerung rufen. Zum größten Teil kannte Vera die Geschichte.

»Ah, das ist der Jüngling! Na, den kannst du getrost vergessen. Er ist zwar höflich und nett, aber viel zu jung und unreif für dich.«

Zweifelsohne, dachte Natascha. Sie war in diesem Jahr mehr gealtert und reifer geworden, als ihr lieb war.

Später tranken die beiden ein Stifterl Wein und sahen das Schloss Kammer und die Villa Paulick vorbeiziehen, ehe sie über Litzlberg und Buchberg wieder die Ortschaft Attersee erreichten.

Zwischen den zwei Ortschaften zeigte Vera Hubinger

auf eine Stelle oberhalb der Straße, an der man vom See aus ein Haus erahnen konnte. Eine Fahne hing dort weithin sichtbar.

»Siehst du die Flagge da drüben? Die Farben kannst du von hier aus nicht gut erkennen. Ein schwarzer, ein weißer und ein roter Balken. Mich regt diese Fahne seit ein paar Jahren furchtbar auf.«

Natascha, froh, mit einem anderen Thema abgelenkt zu werden, lehnte sich an die Fensterseite des Bootes und starrte ans Ufer. »Warum? Was ist damit?«

»Das, meine Liebe, ist eine alte deutschnationale Flagge. Ursprünglich vom deutschen Kaiserreich aus dem vorvorigen Jahrhundert. Die Nazis haben diese übernommen, bevor sie dann die Hakenkreuzfahne eingeführt haben. Und dort drüben treffen sich angeblich irgendwelche rechten Burschenschaften, die zu diesem Anlass die Flagge hissen. Wahrscheinlich haben sie an diesem Wochenende eine Versammlung hier, normalerweise sieht man sie nur in den Sommermonaten. Ich verstehe nicht, dass ich die Einzige bin, die das stört? Von offizieller Seite wurde anscheinend erklärt, dass dieses Grundstück einem Konsul oder so was in der Art aus dem Jemen gehöre. Umgedreht sind das die Farben dieses Staates. Ich bin der Meinung, da hält jemand alle für dumm.«

Natascha bemerkte, wie Vera sich in Rage redete.

»Und warum regt dich das so auf? Ist doch egal, wenn sie sonst niemanden stören?«

»Aber, Natascha, genau so fängt alles an. Vielleicht hat sich dein Nazi-Großvater auch auf diese Weise mit dem nationalsozialistischen Gedankengut … Oder nein, ich erkläre es dir anders. Wenn Helena diese Flagge sieht und um ihre Bedeutung weiß, dann ist es ein Affront gegen ihre Familie. Die Nazis haben der Familie ihres Großvaters

Schlimmes angetan, und jetzt soll man ihre Symbole ungestraft aushängen dürfen? In so einem Ort würde sie nicht leben wollen. Und wenn du den Gedanken weiterspinnen willst, ist es ebenso eine Verharmlosung der Taten, die dein Großva…«

Ihre Ausführungen wurden abrupt unterbrochen. »Kann ich abräumen, oder wollen S' noch was trinken?« In harschem Ton griff die mit geringer Sozialkompetenz ausgestattete Kellnerin nach den Gläsern.

»Sie dürfen abräumen, auch wenn Sie unsere Konversation stören. Wir steigen bald aus und ich muss zahlen, auch wenn ich das nicht möchte. Lieber täte ich es bei Ihrer jungen Kollegin, die nicht so verhaltenskreativ ist wie Sie.«

Vera schob die Gläser und die leere Flasche auf die gegenüberliegende Seite des Tisches, damit die Servierkraft ihrem Körper nicht zu nahe kam.

Mit einem »San S' leicht was Bessers?« servierte sie ab. Entrüstung und Wut waren ihr ins Gesicht geschrieben.

Vera musste natürlich das letzte Wort haben und sagte mit halblauter Stimme: »Ja, in Ihrem Fall bin ich wirklich was Besseres.«

Fünf Minuten später stand die junge Kellnerin zum Kassieren am Tisch, sie war vom Oberdeck heruntergerufen worden.

Die MS Weyregg bewegte sich bereits auf Attersee zu. Vera hatte keine Zeit mehr, ihr Wissen über Nataschas Großvater zu offenbaren. Dass er nach dem Krieg in der Gemeinde Berg einen kleinen Reitstall errichtet hatte und trotz seiner Vergangenheit, die ihr und anderen nicht bekannt gewesen war, dort zum Ehrenbürger erkoren wurde. Er hatte sich politisch engagiert, war einmal verheiratet und hatte einen Sohn gezeugt. Seine Frau war unter dramatischen Bedingungen bei einer Bootsfahrt ums

Leben gekommen, von ihr hatte er das Haus in Attersee geerbt. Mehr wollte Vera recherchieren.

Soviel ihr bekannt war, wurde die Ehrenbürgerschaft nie gelöscht. Das war in vielen Gemeinden so, dass Bürgermeister, Schuldirektoren, Wirte und andere mit ihrer nationalsozialistischen Gesinnung unbehelligt hatten weiterleben können. Lange Zeit sogar öffentlich. Ja, auch Veras eigene Großeltern hatten zu diesem Menschenschlag gehört, was sie erst als Studierende erfahren hatte. Damit umzugehen, hatte sie erst lernen müssen.

Das Boot legte in Attersee an, wo die zwei ungleichen Freundinnen an Land gingen. Überfreundlich verabschiedet von einem Schiffsbegleiter, der den Konflikt mit der Kellnerin mitbekommen hatte. Er fügte zu seiner Verabschiedung hinzu: »Wenn Sie in drei Wochen wieder an Bord kommen, dann ist meine Kollegin in Pension. Die kann halt nicht mehr anders. Schönen Tag, die Damen.«

Er lüftete sogar seine Schiffsmütze, was Vera besonders gefiel und schmeichelte.

KAPITEL 29 – SONNTAG, SPÄTER NACHMITTAG

Weyregg am Attersee

Werner erwachte und fühlte, wie ihm jemand die Finger abschleckte, die frei an der Bettkante lagen. Instinktiv zog er die Hand weg und blickte zur Seite, wo Gerda hechelnd und freudig erregt saß.

Der Hund war groß genug, um selbst die Schlafzimmertür zu öffnen, hinter der sich der Polizist frisch geduscht niedergelegt hatte. Er befand sich in Helenas Wohnung.

Sie hatte ihn – immer noch gegen den Rat einer Ärztin – zu sich nach Hause mitgenommen. Alexandros musste die vereinbarte Nacht im Krankenhaus verbringen. Jetzt, wo ihm seine Mutter das Percy-Jackson-Buch gebracht hatte, war das kein Problem. In einem Päckchen, das sie ihm zum Abschied auf die Bettdecke gelegt hatte, befand sich ein weiterer Band dieser Jugendbuchserie, in der es unter anderem um griechische Mythologie ging. Helena hatte auf Vorrat alle Bände in Seewalchen gekauft und in ihrem Kasten versteckt.

»Gerda, was machst denn du da?«

Als hätte der Hund darauf gewartet, sprang er auf das Bett, legte sich neben Werner auf die Decke, und zwar so, dass er mit der Zunge sein Gesicht liebkosen konnte.

Angewidert setzte sich der Beleckte auf und musste das Tier mit aller Kraft von sich abhalten, da es nicht von ihm lassen wollte.

»Bist du mir untreu? Und das mit einem männlichen Wesen? Ts, ts, ts … Werner, was muss ich da entdecken?

In flagranti erwischt. So sagt man doch dazu?« Helena lehnte im Türrahmen und verfolgte vergnügt den ungleichen Kampf. Als sie bemerkte, dass der Mensch dem Tier nicht Herr wurde, zog sie Gerda am Halsband von ihrem Freund herunter und spielte ihm Entrüstung vor.

»Liebe Gerda, das ist mein Bett und mein Mann! Das sag ich dir ernsthaft von Frau zu Mann! Damit das klar ist!« Zur Erklärung ergänzte sie für den Menschen: »Die Nachbarin holt Gerda gleich wieder ab, sie musste kurz weg und wollte ihn nicht alleine in der Wohnung lassen. Übrigens, das mit dem gefressenen Daumen habe ich ihr nicht erzählt. Ich hoffe, dass die Reste, die hinten rausgekommen sind, nicht mehr erkennbar waren.«

Werner setzte sich auf und grinste, während sie den Hund in den Gang hinausführte. Sie kam wieder herein und schloss die Tür von innen. Werner war im Begriff aufzustehen, doch Helena drückte ihn zurück, und er landete mit dem Oberkörper rücklings auf der Bettdecke.

»Wie geht es dir? Du hast über eine Stunde geschlafen. Soll ich uns in der Küche etwas zubereiten?«

Werner küsste seine Griechin und erhob sich trotz ihrem Ansinnen, sich an ihn zu kuscheln. Er hatte von ihr in einem Schubladenschrank eine Lade bekommen, in der er Kleidung zum Wechseln hatte. Von den Socken bis zum Hemd lag stets mindestens eine frisch gewaschene Garnitur für ihn bereit. Seine Polizeiuniform war nach dem heutigen Tag sicherlich nicht mehr zu gebrauchen. Er musste die Applikationen beziehungsweise die Rangabzeichen abtrennen, dann konnte er sie zur Altkleidersammlung bringen. Einmal hatte ihn jemand von der Theatergruppe Puchheim gefragt, ob sie eine ausrangierte Uniform für Theaterzwecke haben dürften. Er hatte das jedoch verneint.

Nun stand er nackt vor der Kommode und öffnete seine Lade, griff hinein und zog Boxershorts heraus, die er noch nicht kannte. Eine mit R2-D2-Aufdruck. Darunter lag eine zweite mit dem Konterfei von Darth Vader. Mit einem breiten Lächeln drehte er sich zu der auf dem Bett sitzenden Helena um und ging auf sie zu. »Danke, mein agapiméni. Das ist eine freudige und sehr originelle Überraschung.« Er beugte sich zu ihr hinunter und drückte ihr einen festen Kuss auf den Mund, den sie bereitwillig entgegennahm.

»Oh, der Herr Kommissar spricht Griechisch?«

Sie hob sanft mit einer Handfläche, die sie zu einer Schale geformt hatte, das vor ihr in Augenhöhe hängende Gemächt.

»Gern geschehen. Damit mein mikrós fílos in geliebte Gefilde gebettet ist.«

Ohne loszulassen, wollte sie ihn an seiner Männlichkeit ins Bett ziehen, hatte offenbar Lust auf ihn und sich selbst. Bevor er das Gleichgewicht verlor, hielt er sich an ihrem Kopf fest und blieb stehen.

»Wie gerne würde ich bleiben, mein Schatz. Aber ich muss heute noch einmal dienstlich los und wollte dich fragen …«

Sie formte ihre Schale zu einer Faust, was ihn zusammenzucken und zurückfahren ließ. »Bist du verrückt, Werner? Die Ärzte wollten dich behalten und du gehst wieder in den Dienst? Ich hätte Alexandros an deiner Stelle mitnehmen sollen! Was soll das?«

Er trat erneut zu dem Schrank und begann, sich anzuziehen, nachdem er sich mit seinen Fingern durch behutsame Berührungen vergewissert hatte, dass da unten weiterhin alles in Ordnung war.

»Helena, du hast recht, ich weiß es. Es geht mir ehrlich gesagt nicht wirklich gut. Doch ich stelle mich selbst noch mal in den Dienst. Das muss heute sein, sonst kann ich den Fall nicht mehr aufklären. Und darum wollte ich dich bitten, ob du für mich Taxi spielst. Ich schwöre, danach werde ich meinen Körper allen wohlmeinenden Händen übergeben. Am liebsten natürlich deinen!«

»Me 'sy? Me douleveis? Du bist angegriffen, du hast so ein … ein … Explosionstrauma oder wie das heißt. Du könntest jeden Augenblick zusammenbrechen, und das war's dann! Aus! Schluss! Ich verstehe dich nicht.«

»Helena, bitte!«

Frisch angezogen stand er vor ihr und setzte einen Blick auf, dem sie nicht widerstehen konnte. Sie kannte seinen Sturschädel und war sich bewusst, dass er nicht umzustimmen war.

»Gut, dann begleite ich dich, aber nicht nur im Wagen, dass das klar ist. Wann müssen wir los?«

Werner blickte auf die Uhr. »In einer halben Stunde. Ein Kaffee täte mir vorher noch gut. Meinst du, die Dame des Hauses gibt einen aus?«

Er reichte ihr die Hand, um ihr aufzuhelfen. Helena ergriff sie, zog sich hoch und marschierte erhobenen Hauptes an ihm vorbei.

»Ja, sie gibt einen aus, wenn der Herr ihr endlich mal zuhört und ihr im Gegenzug seine Hilfe anbietet.«

Wenige Minuten später saßen sie am Küchentisch, jeweils mit einer heißen Tasse Kaffee vor sich.

Helena hatte begonnen, von ihrem Treffen mit Natascha und Vera zu erzählen. Je ausführlicher der Bericht wurde, desto mehr ahnte Werner etwas. Er stellte fest, dass sein aktueller Fall in irgendeiner Form mit der Geschichte zu tun hatte, die sie gerade erzählte.

»Und du bist dir sicher, dass der Neonazi Luca hieß?«, fragte er und blickte erneut auf die Uhr, damit sie nicht zu spät losfuhren.

Helena nahm das zum Anlass, die leeren Tassen in die Spüle zu stellen, und wandte sich zum Gehen. »Ja, da bin ich mir sicher. Deine Tante hat mir sogar seine Telefonnummer per SMS gesandt. Warum fragst du? Kennst du diesen Luca?«

Helena nahm eine grüne Jacke von der Garderobe an der Eingangstür und reichte sie ihm. Ebenfalls ein Kleidungsstück, das ihm gehörte und seit Längerem die Wohnung nicht verlassen hatte.

»Bitte schick mir die Nummer per SMS auf mein Diensthandy. Ich möchte sie gleich überprüfen lassen. Wir reden im Auto weiter.«

Nach einigen Sekunden hatte er die gewünschten Zahlen auf dem Display und sandte sie sofort an die Kollegen in Schörfling.

»Wo soll dich deine Konkubine, Leibeigene und Taxilenkerin hinkutschieren?«

»Du hast die Köchin vergessen, mein Schatz. Niemand macht so köstliche Zaziki wie du.«

Er beugte sich zu ihr, um einen Kuss einzufordern. Ihre gestreckte Handfläche stoppte seine geschürzten Lippen.

»Die Koordinaten bitte. Und schnallen Sie sich an. Übrigens, die Türen schließen nicht automatisch. Also sag schon, wo es hingeht!«

»Richtung Unterach. Zuvor machen wir beim Jägerwirt in Burgau kurz halt. Da muss ich was abholen.«

Helena hatte keine Ahnung, wo sich das genannte Gasthaus befand, und sie überkam der Verdacht, dass Werner sie nicht wirklich über sein Vorhaben aufklären würde. Er tippte mehrere Nachrichten in sein Telefon. Während der Fahrt traf die Antwort seiner Anfrage wegen der Telefonnummer ein. Sie gehörte tatsächlich zu diesem Neonazi, der auf dem See den Tod gefunden hatte.

Werner berichtete Helena Genaueres von der Explosion des Bootes und warum sie den Getöteten hatten abfangen wollen.

»Dann kann ich den letzten Willen meines Großvaters nicht erfüllen. Mist! Alles umsonst!«

Helena ärgerte sich und schlug auf das Lenkrad ein.

»Werner, versprich mir, dass du mir spätestens morgen früh, ehe ich ins Krankenhaus fahre, endlich zuhörst. Ich habe dir wirklich bedeutende Dinge zu erklären.«

»Natürlich, mein Schatz. Bevor du mich verlässt, mach ich doch alles für dich.«

Er griff ihr ins Haar und massierte sanft ihr Genick, was sie so gern hatte.

KAPITEL 30 – SONNTAG, FRÜHER ABEND

Burgau am Attersee

Werner schrieb noch im Wagen sitzend eine SMS an seinen Kollegen aus Altmünster: »Park bitte nach dem Jägerwirt am Schotterstreifen links. Einige Schritte in den Wald hinein sind ein paar Sitzbänke. Warte dort auf dich. Bin in ein paar Minuten da. lg W.«

Die Antwort kam prompt:

»Auch gleich da. Komme gerade aus dem Weißenbachtal.«

Helena hatte das Fahrzeug kurz vor dem Wirtshaus geparkt. Von hier führte ein Weg in den Wald. Vor mehreren Jahren war dies der Zugang zur Burgauklamm gewesen. Einer Felsenschlucht, die in einem sogenannten Kessel endete, in den von oben ein eindrucksvoller Wasserfall herunterstürzte. Werner konnte sich erinnern, dass er das letzte Mal als Jugendlicher ganz hinten gewesen war und seine eigenen Worte nicht verstanden hatte, da das fallende Wasser in den Felswänden extremen Widerhall fand. Heute war der Zugang verschlossen, Felsstürze hatten in den letzten Jahren die gesicherten Plattformen mehrmals zerstört. Eines der touristischen Highlights am Attersee hatte stillgelegt werden müssen, wobei leider bis jetzt ein Hinweis an der Tafel fehlte, warum der Zugang mittels eines Eisengitters verschlossen war. Es hatte sicherlich damit zu tun, dass sich niemand wirklich dafür verantwortlich fühlte, da dieser Abschnitt am Attersee zur Gemeinde St. Gilgen am

Wolfgangsee gehörte. Ein typisches Phänomen des kleinbürgerlichen Denkens in Österreich, an dem schon viele Projekte gescheitert waren.

Der geschwächte Polizist bat seine Freundin, im Auto zu warten. Das Gasthaus habe noch geschlossen, und es sei zu kalt, um sich im Freien aufzuhalten.

»Wieso kann ich nicht mitgehen, wenn du nur was abholen musst? Noch dazu im Wald. Du erzählst mir nicht alles. Ich werde mitkommen.« Sie zog den Schlüssel ab und löste den Sicherheitsgurt.

»Helena, ich bitte dich, das dauert höchstens 20 Minuten. Warte einfach hier. Wenn ich in einer halben Stunde nicht da bin, kannst du nachsehen. Es sind bloß ein paar Schritte in den Wald hinein. Dort setze ich mich auf eine Bank. Es kann nichts passieren. Der Weg vor uns führt dorthin. Ich nehme einen anderen Zugang. Er führt zur gleichen Stelle.« Das entsprach nicht ganz der Wahrheit.

Helena spielte ein Einverständnis vor, das sie nicht vorhatte, einzuhalten.

»Also gut. Ich nehme dich beim Wort. Ich werde inzwischen etwas mit Alexandros telefonieren und mit meiner Verwandtschaft chatten.« Sie zog einen Schmollmund und nahm ihr Smartphone zur Hand, einen Abschiedskuss wehrte sie ab.

Werner schloss die Autotür, ging die Straße entlang und betrat beim Jägerwirt mit zittrigen Knien einen ausgetretenen Waldpfad, der ihn wenige Meter weiter zu einem ungewöhnlichen Platz führte. Linker Hand floss der Klammbach aus der Schlucht kommend dem Attersee zu. Ein breiter, vielleicht drei Mann hoher Wasserfall verursachte eine natürliche Dauerbeschallung.

Acht oder neun verwitterte Holzbänke auf der rechten Seite waren auf einen felsigen und verwachsenen Waldabhang ausgerichtet. An dessen Fuß befand sich ein in den 70er-Jahren von Menschenhand errichteter Steinaltar, bestückt mit Blumenstöcken und Grabkerzen. Darüber prangte eine Madonna aus Stein, die zum Schutz gegen Verwitterung in einem Holzkasten stand, der dem Vergleich mit einem hochgestellten Sarg standhalten würde. In der bereits eintretenden Dämmerung wirkte diese Örtlichkeit unheimlich und ein wenig makaber. Werner wusste, dass hinter der Heiligenfigur ein Kreuz mit einer goldenen Christusskulptur im Erdreich steckte, als wäre dort bei den Felsen jemand begraben. In diesem Moment war das Kreuz jedoch kaum zu sehen. Er hatte sich des Öfteren vorgenommen hochzusteigen, um nachzusehen, warum es dort steckte, doch war es stets bei dem Vorhaben geblieben.

Er setzte sich auf eine der Bänke in der zweiten Reihe, nachdem er etwas aus seiner Hosentasche auf dem Altar abgelegt hatte. Direkt neben einer Kerze, die dort flackerte und einen leichten roten Lichtschein um sich warf.

Keine drei Minuten später hörte er Schritte von rechts. Kollege Grausgruber aus Altmünster kam des Weges. Wie Werner war er in Zivil. Zwischen den Bäumen wirkte die über 1,90 Meter große Gestalt wie ein Riese, der hier in den Wäldern lebte und gedankenlos dahinstapfte. Das teilweise verrottete Laub, das den gesamten Boden bedeckte, knirschte unter seinen Sportschuhen. Er trug in der Hand eine blaue Yogamatte und hielt kurz vor dem Altar an. Ungläubig betrachtete er die Umgebung. Mit so einer Freiluftkirche hatte er hier nicht gerechnet.

Werner beobachtete ihn amüsiert. »Hallo, Chisi. Ist das nicht ein schräger Ort?«

Grausgruber zuckte gespielt zusammen, obwohl er ihn bereits vorher entdeckt haben musste, und sprach mit süffisanter Stimme: »Mensch, Zufall. Machst du hier deine

Yogaübungen? Ist das ein metaphysischer Ort oder bist du plötzlich bigott geworden? Nennt man das nicht so?« Er deutete mit dem Kopf auf die Madonna.

Werner blieb auf der Bank sitzen, herrisch Arme und Hände auf der Rückenlehne abgelegt. Er grinste, konnte Chisis Gesichtsausdruck im Abendlicht gut erkennen. »Danke für die Matte. Leg sie bitte auf den Altar. Dort liegt für dich etwas neben der Kerze. Kann es sein, dass es dir gehört?«

Der Kollege zögerte kurz und trat auf den Steintisch zu. Die gerollte Matte stellte er vor seinen Füßen auf dem Boden ab. Sie blieb einen Augenblick stehen und fiel dann auf die Breitseite. Auf den Tisch blickend nahm er den abgelegten bunt glänzenden Haargummi hoch und steckte ihn auf zwei gestreckte Finger. Er drehte sich zu dem Sitzenden um. Mit dem Hinterteil an den Altar gelehnt sprach er: »Solche Gummis haben viele. Manche stecken sie sogar zum Wichsen auf ihren Schwanz. Was willst du mir damit mitteilen? Soll ich dir womöglich einen blasen?«

Die Verärgerung in seiner Stimme war deutlich zu hören und verstärkte die Vulgarität seiner Worte.

Werner übernahm den Tonfall und entgegnete, ohne sich zu erheben: »Chisi, hör auf mit dem Blödsinn. Diesen Haargummi habe ich im Kofferraum von Luca gefunden. Und einen zweiten auf dem Weg am Taferlklaussee, unweit des Tatortes.«

Instinktiv griff sich der Angesprochene auf den Kopf, dorthin, wo vergleichbare Haargummis seinen Dutt zusammenhielten. Werner war gestern in der Polizeistation Altmünster bereits aufgefallen, dass Revierinspektor Grausgruber mindestens zwei solcher bunten Gummis trug.

»Werner, du weißt, dass ich dienstlich am Tatort war. Und wer dieser Luca sein soll, davon habe ich keine Ahnung.«

Werner nahm eine aufrechtere Position ein. Mit einer Hand hielt er sich an der Kante der Sitzfläche fest.

»Ich habe den Gummi nach der Entdeckung der Leiche auf dem Weg gefunden. Da warst du noch nicht dort. Zumindest nicht dienstlich. Also könnte ich annehmen, dass du den Mann getötet hast. Und was war mit Luca? Den Grund deiner Handlungen kenne ich natürlich nicht. Aber vielleicht bist du so gnädig und erklärst es mir.«

Der Verdächtigte näherte sich den Bänken und blieb vor der ersten Reihe stehen. Er stellte einen Fuß als Machtdemonstration auf die morsche Sitzfläche und stützte sich mit einem Unterarm darauf. »Was willst du mir da unterstellen? Kehr lieber vor deiner eigenen Tür. Jeder Kollege im Bezirk weiß, dass du nicht der fähigste Polizist bist. Viel zu weich, keine Autorität. Da ändert auch dein neuer Name nichts. Was für einen Vogel hast du dir ausgesucht? Ach ja, ich glaube, ich erinnere mich. Eine Meise. Du hast und bist eine Meise!«

Verächtlich schmetterte er Werner die letzten Worte hin, der sich nicht aus der Ruhe bringen ließ.

»Warum hast du Luca auf diese Weise getötet? Hattest du keine Ahnung, dass wir auf ihn gewartet haben?«

»Ich habe mit der Explosion und Luca nichts zu tun …« In diesem Augenblick wurde Chisi klar, dass er sich verraten hatte. Er durfte von der Identität des Verstorbenen auf dem Boot keine Ahnung haben. Genaueres war bis jetzt nicht bekannt, auch nicht unter den Polizisten. Darum hatte er sich mit Werner Adler treffen wollen. Er war neugierig, wie weit die Ermittlungen fortgeschritten waren. Nun hatte er sich selbst ins Zentrum der Verdächtigen manövriert.

Grausgruber richtete sich wieder auf, hielt plötzlich eine Waffe in der Hand und zielte auf den Polizeikollegen.

Werner registrierte, dass es eine Glock 17 sein musste. Sicherlich nicht die Dienstwaffe. Sie war nicht schwer und deshalb gut am Körper zu tragen. Mist, er selbst hatte natürlich keine Waffe dabei. Hatte er nie, wenn er in Zivil war. Er besaß nicht einmal privat eine, im Gegensatz zu vielen seiner Kollegen und Kolleginnen.

»Du wirst nicht so dumm sein und abdrücken, Chisi. Ging es dir wirklich nur um Geld? Darum dein teurer Zweitwagen?«

Sein Kollege hatte einen Hang zu sportlichen Oldtimern und sich im Jahr davor einen zugelegt.

Grausgruber reagierte mit einem überdeutlichen Entsichern der Pistole. »Hör zu, Werner. Ich unterbreite dir ein einmaliges Angebot. Du musst es nur sofort annehmen oder ausschlagen. Es geht um die Versorgung des Attersees und des Traunsees mit Koks. Eine zusätzliche Geldquelle, für die ich bisher nicht viel Aufwand hatte. Du bekommst von meinem Anteil, sagen wir mal … 25 Prozent. Und das Beste daran ist, du musst nichts dafür tun. Nur die Klappe halten und ab und zu hin- beziehungsweise wegsehen.«

Werner spürte, wie die Energie aus seinem Körper floss und im Waldboden versickerte. Mühsam hielt er sich aufrecht, die rechte Hand in die Sitzfläche gekrallt.

»Hat der Klaus auch für dich weggesehen? Blüht mir das später ebenfalls, wenn ich auf dein Angebot eingehe?«

Christian lachte laut auf und richtete kurz seinen Blick gen Himmel, was Werner als eine herabwürdigende Geste deutete.

»Mensch, Zufall, kapierst du überhaupt jemals irgendwas? Der Klaus, der nicht Klaus hieß, sollte mich bei der Koksübergabe töten. Die Koksmafia braucht ab und zu ein Bauernopfer. Und warum nicht mal einen Polizisten? Beschert den Medien viel Stoff und Wirbel. Lenkt von den ganz großen Geschäften ab. Sie sind dabei, den Handel hier im Salzkammergut auf neue Füße zu stellen. Was länger gut funktionierte, läuft Gefahr, wegen routinebedingter Unaufmerksamkeit aufzufliegen. Dein Klaus war aus Braunau und für unsere Region zuständig, was Koks und auch anderes betraf. Er hatte nicht mit meiner Kraft und Schnelligkeit gerechnet. So wurde der Übergabeplatz zu seiner letzten Ruhestätte und nicht zu meiner. Und damit wieder Ruhe einkehrt, gibt es nun ein zweites Bauernopfer, das notwendig war. Der Nazijunge war zwar dienlich, aber zu dumm und zu auffällig. Dass ausgerechnet du jedes Mal dazukommst, war nicht geplant. Auch wenn du jetzt eine Meise bist, hilft dir immer noch der Zufall.« Er zielte direkt auf Werners Stirn. »Ja oder nein? Was bei Nein geschieht, ist dir wohl klar! Hier in den Wäldern rund um den See gibt es genug Jäger, da fällt ein Schuss nicht sonderlich auf!«

Eine Stimme lenkte ihn ab, die von rechts kam. »Werner, wo bist du? Bist du da drüben?«

Irritiert starrte der Bewaffnete zum Bachbett, konnte aber niemanden sehen.

Werner wusste, wer da gerufen hatte, auch wenn die Worte durch den Wasserfall nicht klar verständlich gewesen waren. Er bündelte die letzten Kraftreserven und ruckte nach vorn. Mit der Hand gab er der Pistole einen Schlag, sodass die Waffe zu Boden fiel, und lief ein paar Schritte Richtung Bachbett. Auf der anderen Seite des Baches stand Helena und drehte sich suchend herum.

»Helena, verschwinde. Schnell. Bring dich in Sicherheit. Grausgruber ist ein Mörder. Merk dir …«

Adler wurde von hinten gepackt und grob zu Fall gebracht. Sein halber Oberkörper hing über dem Abhang. Steine und abgebrochene Äste drückten von unten auf seinen Leib. Ein Fuß übte einen kaum auszuhaltenden Druck auf seinen oberen Beckenrand aus. Schmerzverzerrt blickte er zu Helena hinüber, die der Aufforderung zu flüchten nicht nachgekommen war.

Er ahnte, dass Chisi die Waffe nun auf seine Freundin gerichtet hatte.

»Wer immer du auch bist, du kommst jetzt hier herüber. Geh durch den Bach. Er ist ganz seicht. Wenn du abhaust, ist der Mann unter mir tot und du bist es auch. Denn ich werde dich erwischen.«

Werner versuchte, sich mit Drehungen zu befreien. Ein heftiger Fußtritt in sein Kreuz ließ ihn erschlaffen. Alles schmerzte, der Tritt hatte ihm den Atem genommen, Steine drückten in die Weichteile seines Unterleibes, was ihm zusätzliche Pein im Unterbauch bescherte. Er war unfähig, sich selbst, geschweige denn Helena zu retten. Halb über dem Abhang hängend, zwei Meter unter sich Geröll und totes Holz, gab er sich geschlagen. Die Kraft verließ ihn, Schwindel und Übelkeit stellten sich ein.

Ein flehendes und verzweifeltes »Helena« kam ihm über die Lippen, ehe er sich seiner Machtlosigkeit ergab und in einen Zustand fiel, der dem Einsetzen einer Narkose vor einer Operation ähnlich war.

KAPITEL 31 – SONNTAG, ABEND

Burgau am Attersee

Helena stand mitten im seichten Wasser des Klammbaches. Eiskalt umspülte er ihre Füße, durchdrang das leichte Schuhwerk und ihre Socken. Sie achtete nicht darauf, sondern starrte entsetzt den Mann an, der ihrem Geliebten in den Rücken trat.

Sie schrie mehrmals gegen das Wasserrauschen an, er solle damit aufhören. Er reagierte nicht auf ihr Bitten und Schreien, machte durch Bewegungen mit der Waffe deutlich, dass sie weitergehen solle, zu ihm, auf die andere Seite des Baches.

Sie musste tatenlos zusehen, wie er sich niederkniete und den Kopf des vor ihm Liegenden an den Haaren in die Höhe riss. Er setzte ihm die Pistole an die Schläfe und rief ihr zu: »Jetzt komm endlich rüber, du Schlampe! Sonst hat er bald zwei neue Löcher im Kopf!«

Wieder drangen nicht alle Wörter an ihr Ohr, doch war ihr unmissverständlich klar, was er ihr mitteilen wollte. Werner hatte offensichtlich das Bewusstsein verloren. War er bereits vorher angeschossen worden, ohne dass sie es mitbekommen hatte? Von hier aus konnte sie das nicht beurteilen. Sie sah ihn nur mit halbem Oberkörper über dem Abhang zum Bachbett hängen. Noch immer hatte der Verbrecher einen Fuß auf ihm platziert.

Noch nie hatte Helena solche Angst um Werner gehabt. Nie war ihr wirklich bewusst gewesen, wie sehr sie ihn liebte, obwohl sie vorhatte, ihn zu verlassen. Dass er mit ihr nach Griechenland auswandern würde, stand außer Frage.

Sie strauchelte, rutschte auf den glitschigen Steinen aus und musste sich ins Wasser hocken, um nicht hinzufallen und sich zu verletzen. Sie fühlte, wie ihre Hose und Unterhose sich mit der bitterkalten Flüssigkeit vollsogen. In wenigen Sekunden war sie vollständig durchnässt. Tränen der Machtlosigkeit, der Verzweiflung flossen ihr über die Wangen. Sie rappelte sich auf und stellte zu ihrem Entsetzen fest, dass der Bewaffnete mit entschlossenem Blick auf sie zielte. Sie ließ sich erneut in den Bach fallen, hörte den Schuss, sah neben sich das Wasser aufspritzen und spürte, dass kleine Steinsplitter auf sie regneten. Der Wahnsinnige hatte tatsächlich auf sie geschossen. Sie dachte an ihren Sohn, Alexandros, der hoffte, morgen Vormittag von ihr aus dem Krankenhaus abgeholt zu werden. Stattdessen würde er sie im Leichenschauhaus besuchen müssen. Wenn so junge Menschen überhaupt zu den Toten vorgelassen wurden.

Diese Gedanken bemächtigten sich ihres Geistes, während sie sich aufrichtete und dem Mörder ihr Leben anbot. Lieber ein schnelles Ableben, ein Schuss in den Kopf oder ins Herz, als mehrfach durchlöchert werden. Sie breitete die Arme aus und sah dem Mann mit hasserfülltem Blick entgegen.

Er stand breitbeinig über Werners regungslosem Körper, hob erneut die Waffe und drehte sich ruckartig zur Seite. Den Schuss hörte Helena den Bruchteil einer Sekunde später, schloss die Augen und war sich sicher, ihr irdisches Dasein verloren zu haben. Sie wartete auf einen dumpfen Schlag, einen Schmerz oder was auch immer man fühlte, wenn ein Projektil in den Körper eindrang. Da sie nichts dergleichen wahrnahm, hob sie die Augenlider und erblickte, wie der Verbrecher seitwärts über Werners Körper stürzte. Er prallte auf einen Felsvorsprung, schlug dabei mit dem Kopf auf und wurde schließlich weiter an den Rand des Baches katapultiert. Bis auf Brusthöhe kam er im Wasser zu liegen, der Rest des Körpers war auf Steinen gebettet. In seiner Schulter klaffte ein kleines Loch, aus dem etwas Blut floss. Helena stapfte zornig auf ihn zu. Gleichzeitig erschien oberhalb des Abhanges, direkt neben Werners Körper, eine Gestalt, die Helena nicht wirklich registrierte. Es war ihr im Moment egal. Sie wollte diesem Monster, das da vor ihr im Wasser lag, den Garaus machen. Er verdiente nicht, zu leben, sich zu freuen oder gar Sex zu haben. Nicht, nachdem er Werner womöglich bereits ermordet hatte und sie wehrlos im Bach stehend hatte erschießen wollen. Ihren Sohn ohne Skrupel zu einem Waisen gemacht hätte. So einem Menschen gehörte die Berechtigung entzogen, auf dieser Erde zu sein. Mit ein paar Schritten, die Wasser aufspritzten, war sie bei ihm. Sie schrie ihn an: »Tha se pnixo wre teras esy!« Trat ihm mehrmals in die Seite. Suchte einen geeigneten Stein, um ihn zu erschlagen. Alles an ihr war nass.

Sie hörte die Zurufe nicht, die von oben zu ihr hinunterdrangen. Hatte bereits einen Stein in der Hand und suchte eine geeignete Körperstelle, auf die sie einschlagen konnte. Sie kniete sich vor ihm hin, so wie er es vorher bei Werner getan hatte, und zerrte an seinem lächerlichen Zopf. Setzte zuerst sanft den Stein auf die Haut und holte aus, um heftiger zuzuschlagen.

Doch es kam nicht mehr dazu. Jemand hielt ihre Hand fest, entwendete ihr die selbst erwählte Mordwaffe. Eine Polizistin in Uniform stand neben ihr, nahm sie unter der Achsel, um ihr aufzuhelfen. Wie in Trance ließ sie es zu. Murmelte in einem Mischmasch aus Deutsch und Griechisch, dass sie diesen Kerl da noch beseitigen müsse. Dass er ihr den Geliebten genommen habe, dass … dass … dass …

KAPITEL 32 – MONTAG, VORMITTAG

Vöcklabruck

Werner spürte, wie ihm jemand zärtlich über Stirn und Wange strich. Er öffnete die Augen, sah rotes Haar und nach dem Scharfstellen seiner Linsen Helenas sanftmütiges Antlitz. Er kannte sie lange genug, um auch die Sorge und Unsicherheit in ihrem Mienenspiel zu erkennen.

Er lächelte sie an, meinte, bei ihr im Bett zu liegen, auch wenn er sich etwas benebelt vorkam. Neben ihr stand Alexandros mit einem großen Klebeverband am Kopf, rundherum die Haare weggeschoren. Das Unbehagen war ihm ins Gesicht geschrieben. Andere Erinnerungen drängten sich auf, er sah an den beiden vorbei und musste feststellen, dass er sich in einem Krankenzimmer befand. Das Bett nebenan war zwar belegt, doch es war im Moment leer.

Ein Schmerzempfinden stellte sich ein, das beim Kopf seinen Ausgangspunkt hatte und sich bis zu den Knien hinunterstreckte. Ein Griff an die Stirn bestätigte, dass er auch so ein Unding am Kopf hatte. Seines war vermutlich größer als das von Alexandros. Auch die Schafschur dürfte umfangreicher ausgefallen sein.

»Helena, Gott sei Dank. Du bist heil geblieben. Es ist dir, so wie ich sehe, nicht viel passiert.«

Denkst du!, dachte sie und drehte sich zu ihrem Sohn, um ihm zu erklären, dass er draußen warten solle. Erleichtert nickte er dem im Bett liegenden Polizisten zum Abschied zu und ging hinaus. Dabei zog er sein Handy aus der Hosentasche.

Eine Krankenschwester schob sich im Türrahmen an dem Jungen vorbei. »Jetzt ist aber keine Besuchszeit! Und die Visite kommt auch bald!« Etwas herrisch hatte sie die Worte an Helena gerichtet, um vieles sanfter und freundlicher wandte sie sich an den Patienten.

»Wie geht es Ihnen? Sie haben fast die ganze Nacht durchgeschlafen, obwohl Sie ständig gejammert haben. Kein Wunder bei den Blessuren. Frühstück bekommen Sie nach der Visite. Dann darf ich Ihnen auch Schmerzmittel verabreichen. Soll ich Ihnen aufs Klo helfen?« Wieder ein vorwurfsvoller Blick zu Helena, der ihr klarmachen sollte, dass sie in jedem Augenblick gefährdet war, die Intimsphäre des Patienten zu verletzen.

»Wieso helfen? Ich kann allein aufstehen. Oder etwa nicht?«

Er blickte Rat suchend zu Helena, die unwissend die Augenbrauen und Schultern hob.

»Nein, dürfen Sie nicht! Auf keinen Fall allein aufstehen! Ich bin übrigens Schwester Katja.«

Werner, voll Wissensdurst, was geschehen war, bat um ein paar Minuten Zeit, um mit seiner Lebensgefährtin für sich zu sein. Er hatte das Wort »Lebensgefährtin« bewusst stärker betont, damit die Krankenschwester verstand, was er damit meinte.

Während sie das Kopfteil des Bettes höher stellte und das Kissen kurz aufschüttelte, meinte sie: »Vier Minuten! Dann ist Visite. Der zweite Patient kommt jeden Moment von seiner Untersuchung zurück.« Die Frau, die sicherlich ein Mensch war, der immer das letzte Wort haben musste, verließ wieder den Raum.

»Helena, ich sollte wirklich aufs Klo. Mir tut der ganze

Körper weh. Nachher erzählst du mir bitte alles, was vorgefallen ist.«

Er schlug die Bettdecke auf und rutschte mit den Füßen zur Seite, um aufzustehen. Sein mit undefinierbaren Punkten versehenes Krankenhausnachthemd war durch das lange Liegen nach oben verrutscht. Es gestattete Helena eine Sicht auf seine Leibesmitte.

»Panajia mou!«

Sie starrte ungläubig auf Werners blau verfärbten Hodensack. Er folgte ihrem Blick und war mindestens genauso überrascht.

Bevor sie ihn fragen konnte, ob das wehtue, gab er bereits die Antwort.

»Jetzt weiß ich endlich, warum ich solche Schmerzen habe. Meine Liebste hat mir gestern zu Hause die Eier zerquetscht.«

Halb lachend und halb voll Sorge schüttelte sie den Kopf: »Dieses Schwein ist ständig auf dir rumgetreten. Ich hoffe, das wird wieder.« Sie getraute sich nicht, dort hinzugreifen, wollte nicht neuerlich Schmerzen verursachen.

Mit einem gespielt verzerrten Lächeln antwortete Werner: »Ja, das hoffe ich auch. Seine Eier zu Matsch zertreten wünscht sich niemand.«

Das Krankenzimmer fing an, sich zu drehen, auch Helena machte die Runde aus seiner Sicht mit. Sie hielt ihn an den Schultern und drückte ihn zurück aufs Bett. Jetzt bemerkte sie die Urinflasche aus festem Kunststoff, die unter dem Bettgestell steckte.

»Ja, mein Schatz, wenn du nicht aufstehen kannst, musst du mit dieser hier vorliebnehmen. Ich kann natürlich auch Katja holen.«

Werner, der den Spaß nicht so witzig fand, lehnte gequält ab.

»Ich kann's schon noch etwas halten. Nun erzähl mir bitte, was passiert ist.«

Er schloss erschöpft die Augen, und Helena berichtete ihm ab dem Augenblick, an dem sie in das Bachbett getreten war. Wie der Mann auf sie geschossen hatte und plötzlich Polizisten aufgetaucht waren, die ihr das Leben gerettet hatten. Sie waren aus Unterach und Schörfling gekommen, alarmiert von Werners dringlichen SMS. »Der Verbrecher wurde von dem Beamten aus Unterach angeschossen.«

Werner unterbrach sie kein einziges Mal, und sie bemerkte, dass ihr Gegenüber müde geworden war und erneut die Augen schloss.

»Agápi mou, Fortsetzung folgt morgen. Du schläfst jetzt eine Runde, lässt dich von Katja wickeln und folgst deinen Ärzten. Versprich mir, dass du erst aus dem Krankenhaus kommst, wenn sie dich aus medizinischen Gründen freilassen.«

»Hmm …« Mehr war aus ihm nicht herauszubekommen.

Er schlief sofort ein. Bekam nicht mit, wie Helena den Raum verließ, um mit Alexandros zu ihrer Wohnung am Attersee zu fahren. Sah nicht, dass sein Bettnachbar nach einer Untersuchung mit einem Rollstuhl ins Zimmer gebracht wurde und niemand geringerer war als Chefinspektor Trattler, der mit ihm im Boot gewesen war. Wegen des Verdachts eines schweren Explosionstraumas durfte er sich nicht anstrengen und sollte mindestens noch zwei Tage im Krankenhaus bleiben. Das blühte auch Werner, der im Traum leise vor sich hin jammerte.

Er würde erst später erfahren, dass Kollege Grubmüller schwer verletzt nach Linz geflogen worden war und dass Chisi in Salzburg im Koma lag. Dass sein jüngerer Kollege Stefan mit einem Nasenbeinbruch per Mail die Kündigung bei der Polizeilandesstelle eingereicht hatte und im nächsten Krankenzimmer lag.

Somit würde Werner der einzige Polizist am See mit Motorbootführerschein bleiben.

Er würde, wenn er wieder fit war, auf dem See sein Boot abstellen und sich seinem Seelenfrieden hingeben. Den Seelenblick genießen, alleine weinen oder lachen können, ohne beobachtet zu werden. Zumindest nicht von Nahem – am See gab es immer Menschen, die mit einem Fernglas die Gegend oder auch private Personen und Grundstücke beobachteten.

Und er würde seine Liebste überraschen, wenn er im Reisebüro in Kammer-Schörfling den Gutschein für eine Reise nach Griechenland abholen könnte, wozu er vor dem ganzen Drama nicht mehr gekommen war. Eine Reise für drei Personen auf eine griechische Insel.

Wie hieß nochmals die Insel, auf der Helenas Verwandtschaft lebte?

to télos
Das Ende
Oder doch nicht?

NACHWORT DES AUTORS

Die Briefe

Als mich vor einigen Jahren eine liebe Bekannte die Briefe eines ihrer Verwandten lesen ließ, stockte mir der Atem. Ich hatte bisher noch nie so etwas Schlimmes und Reales aus meinem näheren Umfeld gelesen.

Die Briefe eines jungen Feldgendarmen an seine Mutter zeugen einerseits von Mutterliebe und gleichzeitig von einer extremen Grausamkeit, die ich selbst als Autor nur schwer nachvollziehen kann.

Zu den Aufgaben eines Feldgendarmen während der Zeit des NS-Regimes möchte ich hier ein paar Worte verlieren:

Die ersten Gruppen der Geheimen Feldpolizei wurden im August 1939, unmittelbar vor dem Angriff auf Polen, ins Leben gerufen. Nach dem Überfall auf die Sowjetunion 1941 wurde der überwiegende Teil der Geheimen Feldpolizei bei der Partisanenbekämpfung hinter der Front eingesetzt. Die Feldgendarmen und Feldjäger waren darüber hinaus für die militärische Ordnung verantwortlich. Wegen der beschrifteten Plaketten, die als Teil der Uniform an einer Metallkette um den Hals getragen wurden, bezeichnete man Feldgendarmen auch als »Kettenhunde«.

Ich wusste, dass diese zwei Briefe (es gab noch mehrere) an die Öffentlichkeit gelangen sollten. Ich bekam dankenswerterweise die Erlaubnis, sie mit veränderten Namen abzudrucken und in einen neuen, aber nicht missbräuchlichen Kontext zu stellen. Aus diesem Grund sind die beiden Briefe in der Originalfassung wiedergegeben, mit allen Fehlern und nicht immer klaren Aussagen sowie der Rechtschreibung von damals.

Ich selbst entstamme nicht der Kriegsgeneration und möchte ein wenig dabei helfen, aufzuklären und nicht anzuklagen.

Ich lehne jedoch alles ab, was unter Wiederbetätigung und Radikalismus fällt. Egal ob rechts, links oder religiös motiviert.

Diese Briefe veranschaulichen ein Denken und Handeln, das unserem Weltbild hoffentlich nicht mehr entspricht.

Der beschriebene Versandhandel der rechtsradikalen Produkte ist in leicht veränderter Form real. Genauso wie die gesetzlich immer noch erlaubte Reichskriegsfahne.

Es gibt viele sinnlose Gesetze und Veränderungen, die unsere Beamten ins Leben rufen. Dabei vergessen sie – und auch wir –, aus der Geschichte der Menschheit zu lernen.

*

Danksagung

Danke für die ärztliche Beratung:
Dr. Paul Weidinger
Dr. Wolfgang Menth-Chiari

Danke für Infos über die polizeilichen Belange:
Meiner Lieblingspolizistin Lisa
Und meinem Lieblingspolizisten Alex Geyrhofer

Der Autorenkollegin und Halbgriechin Eleni Livianos danke ich für die Griechisch-Ratschläge und Übersetzungen.

Dank meiner Freundin und Bestsellerautorin Beate Maxian, die mich in vielen Belangen seit Jahren unterstützt und jederzeit für Ratschläge zur Verfügung stand.

Danke dem Freund und Berufsfotografen Michael Maritsch (der mich bei meinen Büchern immer wieder fotografisch begleitet).

Ebenso Dank an Ilse Retzek-Wimmer, da sie mir stetig helfend zur Seite steht.

Ein besonderer Dank der Besitzerin der beiden Briefe, die nicht genannt werden will.

Meiner lieben Frau Andrea danke ich einfach für alles! Diese Seite würde nicht reichen, alles aufzuzählen, wofür ich ihr dankbar bin.

Und Dank all jenen, die ich nicht anführen konnte, da der Platz nicht reichte, oder die ich in meiner Schusseligkeit vergessen habe. Verzeiht!

*

Synonyme à la Gesichtsbuch

Großen Dank den vielen Facebook-Freundinnen, die mir auf eine spezielle Frage unzählige originelle Antworten anboten, die ich Ihnen, liebe Leserinnen und Leser, nicht vorenthalten möchte. Die Synonyme stammen von Freundinnen aus Gesundheitsberufen, von Pädagoginnen, Journalistinnen, Politikerinnen, Buchhändlerinnen, Juristinnen und Schriftstellerinnen. (Würde ich sie alle beim Namen nennen, wäre dieses Buch allein deshalb ein Bestseller, da eine Zeile beziehungsweise ein Spruch von der großartigen … hier abgedruckt ist).

Mein Ansuchen lautete:

»Frage an das weibliche Schwarmhirn: Wenn Ihr vom Vorabend noch etwas verkatert seid – wie würdet Ihr dies am nächsten Morgen liebevoll bezeichnen? Bin noch ganz … im Hirn. Oder Ähnliches? (Da ich diesen Zustand nicht kenne, tue ich mir schwer, ihn liebevoll zu beschreiben.) Danke Euch allen – was aber nicht bedeuten soll, dass ich Euch für geübte Trinkerinnen halte, da ich selbst in Kürze unter den Tisch gesof… bin.«

Und hier die Antworten:

Bematscht, a bissl wirr im Kopf, noch etwas dütt im Kopf, ferngesteuert sein, bin noch a bisserl gaga, hab mein Hirn beleidigt, Hirnnebel, i steh no neben mir, hab Hohlraumsausen … verweingeistigt, Hammerwerfen in der Gedächtnishalle, schwammig, schaumgebremst, zmahd, bin noch ein bisserl foggy, mein Sprachcomputer braucht ein Reset, mein Kopf verträgt noch kein Tageslicht, bin »hin« im Hirn, dicke Finger und weich in der Marille, wolkig im Hirn, Pudding im Kopf, topfig im Hirn, Slow-Motion-Modus, bin im Alphazustand, mei Hirn ist heute noch deutlich verlangsamt, im Haupthaus sind noch nicht alle Lichter an, das letzte Achterl war schlecht, ich trag zum Frühstück Sonnenbrille, durch den Wind, ich berufe mich immer auf einen gelungen »Teilreset«, der dahin gehend noch Nachwirkungen zeigt, dass die Tagessoftware noch nicht ganz installiert ist, Restalkohol, der sich nur durch ein Konter-Kölsch bekämpfen lässt (diese Antwort kommt natürlich von einer lieben Kollegin aus Köln).

*

Der Fotograf Michael Maritsch

Michael Maritsch lernte als Jugendlicher die Fotografie, zuerst autodidaktisch, später an der Schule für Fotografen in Hall in Tirol. Fasziniert von den Landschaftsfotos des US-Fotografen Ansel Adams lernte er nach dessen Tod von seinem Assistenten Alan Ross die Kunst der Schwarz-Weiß-Fotografie und besuchte die Schauplätze von Adams Fotografien in Kalifornien und Yosemite.

In seiner Arbeit als Fotograf spannt er den Bogen von Werbung bis Architektur. Er porträtierte viele Künstler und Stars wie Riccardo Muti, Bobby McFerrin, Chick Corea, Parov Stelar, Ai Weiwei und viele andere. Seine Arbeiten wurden mehrfach ausgezeichnet, zum Beispiel mit dem Gold Award des Austrian Werbe Grand Prix. Er zählt zu den besten Fotografen Österreichs und arbeitet weltweit.

Mit dem Autor Erich Weidinger sind schon mehrere Buchprojekte entstanden.

Weitere Titel finden Sie auf den folgenden Seiten und im Internet:

WWW.GMEINER-VERLAG.DE

Alle Bücher von Erich Weidinger:

»Grüße Gustav« – Gustav Klimt, persönliche Momente
ISBN 978-3-8392-2318-5

Landpolizist Werner Adler ermittelt: Seelenblick
ISBN 978-3-8392-0194-7

Hrsg. mit Jeff Maxian: Mords-Salzkammergut
ISBN 978-3-8392-1841-9

Sissis Seitensprünge & Ischler Rosen
ISBN 978-3-8392-1678-1

Mords-Wasserkraft
ISBN 978-3-8392-1607-1

Mords-Zillertal
ISBN 978-3-8392-1249-3

GMEINER SPANNUNG

WWW.GMEINER-VERLAG.DE
Wir machen's spannend